ナスティ
セイタロウの旅に加わったエキドナ種の女性。のんびりした口調で話すが、芯は強い。
ロッツァ
ソニードタートルという種族の巨大亀モンスター。見た目に反して足が非常に速い。

旅の中で巡り合った人々

フォスの街

❖アディエ♀ ……………… 商業ギルドマスター。
❖ポウロニア♀ ………… 若き木工職人。愛称(あいしょう)はポニア。

イレカンの街

❖イルミナ♀ ……………… 商業ギルドマスター。
❖シロハン♂ ……………… 商業ギルドのサブマスター。
❖サチア♀ ………………… 商業ギルドの飲食店担当。実はイスリールの関係者。
❖タオニャン♀ ………… 商業ギルドの料理などの仕入れ、レシピ管理担当。猫耳獣人。

港町レーカス

❖ウコキナ♀ ……………… 商業ギルドマスター。
❖ダゴン♂ ………………… 海の支配者として知られるタコの魔族。
❖ハイルカン♂ ………… 鮫人族の漁師。
❖ウルハ♀ ………………… 人魚族の漁師。

商業都市カタシオラ

❖クーハクート・
　オーサロンド♂…… 好々爺然(こうこうやぜん)とした貴族。
❖ツーンピルカ♂ ……… 商業ギルドマスター。大柄で禿頭(とくとう)のエルフ。
❖マックス♂ ……………… 商業ギルドのコーヒー、紅茶仕入れ担当。
❖クラウス♂ ……………… 商業ギルドのレシピ管理担当。
❖シロルティア♀ ……… 商業ギルドの飲食店関係担当。
❖マル♂ …………………… 商業ギルド見習いの少年。
❖カッサンテ♀ ………… 商業ギルド見習いの少女。
❖ズッパズィート♀ …… 冒険者ギルド管理官。
❖デュカク♂ ……………… 冒険者ギルドマスター。魔法に秀(ひい)でた影人族。
❖カナ＝ナ♀ &
　カナ＝ワ♀ ………… 影人族の姉妹。冒険者。

《 1　ドルマ村でのこと 》

異世界フィロソフに転生してそれなりの時間が経ったもんじゃや。儂、アサオ・セイタロウは今、商業都市カタシオラに住んでおる。ここに来るまでに通った街の中でも群を抜いた、一番の大きさをしとるよ。

人が多ければ、ヒト種以外も増える。なんだかんだとトラブルなどに巻き込まれたりしとるが、家族皆が元気に過ごせておるから、さしたる問題にはなっておらん。ルーチェ、ルージュ、ナスティといった女性陣だけで別行動がとれるくらいになっとるしの。ナスティの里帰りに同行したルーチェの話を聞くのが、目下最優先の案件じゃな。

皆で昼ごはんを食べながら、ルーチェが身振り手振りを交えて、ドルマ村でどんなことがあったか教えてくれた。

行儀は良くないんじゃが、楽しそうに語るルーチェが可愛くてな。立ち上がったり、口に食べ物が入ったまま喋ったりはしとらんから、ギリギリセーフと見逃しとる。

ルージュは儂の隣で、さつまあげをトッピングしたシーフードカレーに夢中。ナスティは煮干しうどんが気に入ったらしく、既に二回おかわりを済ませとった。

「迎(むか)えてくれた村の皆に、私がナスティさんの娘だって思われたんだよ」

「大変でした～」

ナスティはいつも通りの笑顔じゃから、一切(いっさい)大変さは伝わらん。

「ナスティのお父さんなんて『旦那(だんな)はどうした！　何故(なぜ)一緒に来ない！』って怒ってたもん」

「旦那様はいませんと伝えたら怒っちゃいまして～」

……その言い方は誤解(ごかい)するじゃろ。小さな子を連(つ)れて帰ってきた娘が、旦那はいないとのたまう……帰ってきたことは喜んでも、複雑(ふくざつ)な心中を察するのは想像に難(かた)くないのぅ。儂が親でも確実に怒るぞ。まぁ、連れてきた旦那が儂のような年寄りでも、どうかと思うがな。

「ルーチェちゃんに正体(しょうたい)を明かしてもらって～、一緒に旅する方のお孫(まご)さんだと言ってなんとか納得してもらえました～。ルージュちゃんも家族だと言ったら頭を抱(かか)えてましたけど～」

うどんをちゅるりと吸いながら話すナスティは、相変(あいか)わらず微笑(ほほえ)んでおる。

「カカクがどーの、カケイがどーのって言ってたけど、ナスティさんが殴(なぐ)って黙(だま)らせてたよ。何か売るの？」

ルーチェが言っとるのは価格じゃが、本当は家格じゃろうな。あと家系か。ナスティの家は、血筋を気にするような名門なんじゃろか？

「アサオさんは気にしないで平気ですよ～。家を勝手に出た子供に継ぐものなんてありませんから～。それに～兄がいるから問題ありません～」

　儂の顔に疑問が浮かんでいたようで、ナスティが先に答えてくれよった。

「ナスティさんより弱いけど、村では一番強かったんだよね？」

　ルーチェに言われたルージュが、同意するように頷いておるぞ？

「手合せでもしたのか？」

「違うよ。ナスティさんに掴みかかろうとしたから、私とルージュでハネ返したの。ねー」

　アジフライを食べながらこくりと首を縦に振るルージュ。

「ルーチェちゃんたちに伸された皆に～、『私が足元にも及ばない人と旅してる』って伝えたら～、力なく項垂れてました～」

　武力で納得させたのか……こりゃ、儂が謝罪に行かんとダメかのぅ。

「その後は仲良くなって、一緒にブドウ潰したんだよ」

「ワインが特産品なんです～。ルージュちゃんが運んで～、ルーチェちゃんが潰してくれたんですよ～。お手伝いのお礼に三樽もらってきたんですから～」

「お酒は美味しくないからいらないんだけどなー」

「あら～？　アサオさんに頼めばきっと美味しい料理にしてくれますよ～？」

ルーチェの意見に賛同していたルージュが、一番早く儂を見上げよる。次いでルーチェが「本当?」と言いたそうな目を向けてきた。

「必ず美味しくなるかは分からんぞ？　煮込みやソース、タレに使えるから、嬉しい土産だとは思うがの。前に食べた牛肉の煮込みにも、ワインを使ったはずじゃよ」

「あれは美味しかった！　じいじ、ナスティさんのワインでまた作ってね！　絶対だよ！」

味を思い出したルーチェは喉を鳴らしとる。

「あとね、野菜をいっぱい作ってたから、じいじが教えてた変な臭いの葉っぱと、真っ白な灰を撒いてきた。それから畑をかき混ぜてたよ」

腐葉土と竈の灰じゃな。いつの間にか儂のやることを覚えとる。若い子の吸収は早いもんじゃや。村の人たちも教わったことをずっとやらにゃならんわけでもなし、土地に合わなけりゃやめるじゃろ。

「私も伝えておきました～。野菜屑や骨などの利用法もあればいいんですけどね～」

「ダシを取った後は、畑の隅で発酵させれば肥料になるんじゃないかの？　骨は粉にして撒いてもいいのぅ……ありゃ？　教えとらんかったか？」

ナスティは儂を見て、無言のまま首を横に振っておる。

「魚や獣の骨にも栄養は残っとるから、結構良い効果があるんじゃよ。また行くことがあるなら教えてやるといい」

ナスティは早速《言伝》を唱えておった。なんだかんだ言いながらも故郷や実家は気になるもんじゃからな。

「じいじたちは何してたの？　ずっと料理？」

ドルマ村でしていたことの報告が粗方済んだのか、ルーチェは儂らのしていたことを気にしとる。出掛ける前に作ったことのない料理を昼ごはんにしとるから、ある程度は予想しとるじゃろうが。

「ほとんど料理じゃな。あとは、ナスティが手玉に取っていた娘っ子がおったじゃろ？　あの子らの指導を引き受けたくらいかのぅ」

「影人族の女の子たちですね～。多少は様になりましたか～？」

「まだまだかもしれんが、『魔法は相手を倒す為だけにある』って考えはなんとかしたいのう。先日も一緒に料理したからな。その時作ったのがこれじゃよ」

わたあめを【無限収納】から取り出し、ルーチェ、ナスティ、ルージュに手渡す。

「これなに？」

首を傾げるルーチェをわき目にルージュがひと口齧る。口の周りにたくさん付いてしまったが、ルージュは良い顔で笑っとる。

「甘いです～」

ナスティは摘まんで口に運んでおった。ルーチェもそれに倣い、ひと摘まみ分をぱくり。

「あまーい。あ、口の中で消えた。じいじ、これ砂糖じゃないの？」

「ちょっと違う砂糖を使って作るお菓子じゃ。少しばかり手間がかかってな……三人、いや四人いると作りやすいかのぅ。また作る時は手伝ってくれな」

「うん」

ルーチェと一緒に、ルージュも力強く頷いてくれた。ナスティもこっそり頷いておった。

《２　豆料理》

今日は先日仕入れた豆やナッツでいろいろ作ろうかのぅ。儂が出掛けないのを察したらしく、皆各々で何かしらやっておる。ルーチェたちも帰ってきたばかりじゃから、のんびりしたいんじゃろ。

まずは、儂の知っておるものと大差ないヒヨコ豆とレンズ豆を肉と炒めて、香辛料で味を調えようか。と、その前に水で戻して炊かんとダメじゃな。豆カレーにも使えるから、少し多めでもざっと目分量でいいじゃろ。

さて、戻るまでの時間で巨大落花生を剥いて味見を……しようと思ったら、ルージュが儂の足元で待っておった。目ざといのぅ。

料理に使う分、味見分と、順に落花生をぱきぱき剥いていく。中身が10センチくらいあったので大味かと思ったが、甘みも旨味も濃くて美味しい落花生じゃった。ルージュが何度も催促してきよるのも納得の味じゃな。

フライパンで煎って、バターと塩を少しだけ加えようかと思ったが、このままでも十分美味いわい。

一応バタピーも作るが、変に手を加えんほうがいいんじゃろか……でも、味噌ピーナッツも食べたいし……どうしようかのぅ。

悩みながら落花生を食べとったら、ルージュが儂の背に乗り、フライパンをくいっと指した。最後のひと押しをルージュにされるとは思わんかったな。

剥いた落花生を粗く刻んでフライパンに入れたが、こりゃ多すぎじゃ。二つのフライパンに分けたが、フライパン二刀流で乾煎りは……注意せんとすぐに、こぼすか焦がすかしそうじゃな。横着して落花生をダメにしたら目も当てられんから、ここは一つずつやるべきじゃろ。

弱火でじっくり乾煎りして、一つはバタピーに仕上げる。残りは一旦火から下ろして、甘味噌作りにかかるか。味噌と砂糖、煮切った酒を合わせて練るだけじゃが、こっちも気を抜くと簡単に焦げるから注意せんと。照りが出るまで練った甘味噌に煎ったピーナッツを和えて完成じゃ。

期待の眼差しで、儂とピーナッツを交互に見て首を振るルージュ。それに負けた儂は、少しだけ皿に取り分けてテーブルに置く。ルージュは、儂の背から飛び降りてスタッと椅子へ見事に着地しおった。

「味見じゃから、これだけしか出さんぞ」

こくりと頷いたルージュは、バタピーと味噌ピーを食べ終えると、もっともっとと催促してきよった。

「ダメじゃ。皆で食べるんじゃから、今はお終い。ほれ、クリムかルーチェと遊んでおいで」

断られるとは思っていなかったのか、ルージュは残念そうに項垂れ、しょぼくれたまま表へ出て行ってしまった。

「もっと与えてやりたいが、甘やかすだけじゃいかんからな。我慢じゃ、我慢」

儂は自分に言い聞かせるように口を開く。躾をするほうにも忍耐が必要なんじゃな……

ルージュを見送りながら、儂は次の料理に取り掛かる。

気を取り直して、クルミだれを作ろう。これも乾煎りからじゃ。

まずはクルミをどうやって割るか……握っただけじゃ無理かのぅ？　リンゴ大のクルミを握る手に力を入れると、ばきっと音を立てて割れてくれた。ステータスのおかげで、結構簡単にいけるもんじゃな。

クルミを何個も割り、粗く刻んでからフライパンで煎る。音が軽くなるまで煎ったら粗熱をとって、あとはすり鉢でするくらいじゃ。お湯で伸ばしながらすって、滑らかになったらめんつゆと砂糖で味付け。これで、クルミだれも無事完成と。

水で戻したレンズ豆とヒヨコ豆を半分はカレーに仕立てて、残りは肉と炒める。香辛料を強めにすればおかずになるわい。

さて、カシューナッツはどうするか。肉と炒めて魚醤で味付けが無難じゃが……生パクチと鶏肉を使って東南アジア風にしてみるか。

しかし、醤油は木の実なのに魚醤は作られとるんじゃな。魚を塩漬けにしてたら出来てしまったんかのぅ。魚醤も舶来品のようじゃから、海の向こうには本来の醤油と味噌もあるかもしれんな。

鶏肉と野菜を適当に切って炒め、魚醤で味を調えたら、生パクチをもっさりと載せるだけで簡単に仕上げる。こっちは香辛料を使わん。何でもかんでも入れてたら、どれもこれも同じ味になってしまうからのぅ。

これだけだと肉が足りんと言われるかもしれんから、カツでも作っておくか。野菜をたくさん仕入れたし、串カツにしよう。あれならソースやレモン、塩で食べられるし、カラシも使え……カラシを作ってなかったわい。

芥子の種を薬研ですり潰してみたが、粉にはならんな。《乾燥》ならばどうじゃ？　……粉になったのぅ。これを水で伸ばせば和カラシっぽくなるじゃろ。試しに青菜を和えると、かなり近いものになっとる。食べた途端に鼻へ抜けるこの感覚は久しぶりじゃ。思わず涙が滲むわい。

いろいろ作り上げたので、テーブルの上が料理でいっぱいになってしまった。

「じいじが泣いてるよ」

ふと外を見ると、ルーチェたちが全員揃って儂を見ておる。一点ずつ【無限収納】に仕舞う度、それが悲しそうな顔になりよった。

クルミだれを試したかったので、蕎麦とうどんを打って昼ごはんにした。まだまだ試作段階なんじゃが、皆満足そうに笑ってくれとる。串カツも見られておったから、それも昼のおかずじゃや。

カラシはナスティとロッツァに好評で、ルーチェとクリムにはあってもなくても構わんと評された。ルージュはひと口食べただけで、二度目は口にせんかった。カレーは食べとったから辛いのは平気のはずじゃし、好みに合わんかったのかもしれん。

嫌々食べる必要はないから、無理強いはせんよ。自分の腹具合を考えんで、残すような子たちじゃないから、食べられる物を食べられるだけ食べればいいんじゃ。味覚は変わるし、育つからの。

《　3　オープン　》

店を開くとなると是非とも欲しいのが、オーブンじゃ。昨日は一日料理しまくったが、そろそろ探さんとな。

「儂は料理に使える魔道具がないか見に行きたいんじゃが、ロッツァはどうする？」

「魔道具に興味はない。我の代わりにクリムが行くか？」

庭先に顔を出した儂に、ロッツァは首を横に振る。その隣におるクリムに問えば、相変わらず無言でこくりと頷きよった。ルーチェたちは浜辺でだらけておるわい。儂が出掛けるのが聞こえたのか、手を振って応えてくれた。

「この街ならロッツァが一緒でも歩けるぞ？　魔道具を見た後はパン屋と屋台を巡るつもりじゃし」

「むぅ。屋台は見たい気もするな……」

ロッツァは目を細めて悩んでおるが、クリムが代わりに頷いておるぞ。

「我も行く」

儂とロッツァと一緒に行けるのが嬉しいのか、クリムはロッツァの背に駆け上がり跳ねておる。

朝ごはんの片付けを終えた儂が庭に出れば、クリムがロッツァの上から儂に飛びかかりよった。難なく受け止められるが、危ないぞ？　普通なら腰をやるくらいの衝撃があったからのぅ。

儂ら家族以外にはやらないよう注意すると、しょぼくれよった。ただ儂の言いたいことは理解したみたいで、頷いてくれたから良しとしよう。

今のうちから教えておかんと、こんなことでクリムが捕まってしまったら嫌じゃからな。あとで言っても子供は覚えとらんから、仕出かした時に叱るのが一番効果的なんじゃよ。

身支度が出来た儂らは揃って大通りを歩き、商業ギルド長のツーンピルカに紹介された魔法使い組合を探した。魔法使い組合が魔道具の製造も販売も一括管理しとるから、そこに向かわんと何も見れん。魔道具以外にも、便利そうな魔法書があったら買っておこうかのう。

組合に加入すると、希少な魔法素材の売買や、技術の継承などで優遇されるそうじゃ。あと一部の高位魔法の書物などの閲覧、購入も組合員限定なんじゃと。一般に出回っている魔道具や魔法書に関しては、組合員でなくても買えるようになっとる。

レーカスの商業ギルドとさして変わらん大きさの木造家屋が、儂らの探す魔法使い組合じゃった。大通りから一本だけ入った路地に立っておった。教わった通り、遠くから見えていた煙突を目印に歩いてきたが、高さの割に細いから随分心許ない雰囲気じゃな。しかも灰色でなく、真っ青な煙が立ち上っておる。ありゃ大丈夫なんじゃろか……

建物の中は思った以上に広かった。いや、異常なくらい広いんじゃよ。外見の二倍はあるじゃろこれ。魔道具見物がてら職員に聞いてみたら、空間魔法を付与して広くしとると教えてもらえた。

時を止めているわけでなく、空間を広くするだけじゃから、儂の持っているアイテムバッグに近いそうじゃ。とはいえ生きている儂らが入れる原理は組合の秘匿情報なんじゃと。

そのうち生き物が入るアイテムボックスなんてものもできるかもしれん。誘拐などの悪事に使われんようにしてもらいたいものじゃ。

魔道コンロも儂の使ってる一口でなく、三口のものが売っておった。大きさが二倍なのに、口数は三倍とは……便利そうじゃが、今のコンロで十分じゃからこれは買わん。

儂の欲しいオーブンは火、風、地の魔法を扱うので複合魔道具となり、高価な品じゃった。その上、中の広さで値段が雲泥の差になっとる。どうせならと一番大きいオーブンを選び、一緒に生活魔法の魔法書を買おうとしたら、おまけ扱いでもらえた。150万リルもするんじゃから、そのくらい付けても痛くないんじゃろ。それより好印象を与えてまた来てもらう作戦なんじゃと思う。

高価で大物な魔道具は配達を頼めるそうじゃが、儂は【無限収納】があるし、体面的にはロッツァに運ばせることもできるから断った。

代金と引き換えに受け取ったオーブンを、いつも持ち歩いておる鞄に仕舞い、組合をあとにする。

パン屋と屋台をハシゴして、儂ら好みの店を食べ歩きで探しとると、商業ギルド職員のカッサンテに出会った。クリムを見かけて、思わず後を追いかけてしまったんじゃと。

「お、そうじゃ。豆も小魚も料理の試作が出来たから、明日以降に家に来てくれるか？」

「分かりました。ギルドに戻り次第ギルマスにも報告します」

クリムの頭を優しく撫でながら笑顔で答えるカッサンテ。

「まだ何軒か行くつもりなんじゃが……時間があるなら儂らと一緒に食べ歩きをするか？」

「ぜひ！」

食い気味に答えたカッサンテの手はそれでも止まらん。勢い良く返事した割に、手つきは優しいままじゃわい。

「ロッツァ、クリム。一人増えたがよろしくな」

「うむ。我らと共に食べようか」

撫でられたままこくりと頷くクリム。

出店で肉や魚、貝などの串焼きを一本ずつ買って食べ歩く。気に入ったものは土産かごはん用に買い足しておる。パン屋では普通の丸パンを何個か買ってみた。食パンは見当たらんし、儂の作るような惣菜パンも見かけん。まだレシピが広まってないんじゃろな。

《４　パン屋と取引》

昼ごはんをパンと出店の料理で終えてからも、儂らはまだ食べ歩きを続けておる。通りを一本端から歩けばかなりの店数があるんじゃが、パン屋と出店だけに限るとそうでもなくてな。

今のところ気に入った出店は数軒、パン屋はまだない。どの店のパンも美味しいんじゃが、決め手に欠けておってのぅ。

港の反対側に向かって歩いていたので、そろそろ街の外壁に近いわい。真ん中がパン屋で、手前に串焼き肉の出店、奥には野菜を扱う店が見えるな。この並びだけでバーガーやサンドイッチが作れそうじゃ。肉屋があれば尚良しと思ったら、パン屋の斜向かいにありよった。ここだけである程度の食材が揃ってしまうぞ。

パン、串焼き、野菜を買って即席のバーガーを作ったが、塩味の濃い肉が葉野菜とパンに良く合っておる。ロッツァ、クリム、カッサンテも儂と同じ物を食べとる。

串焼き屋の店主が儂らをしっかり見ておるから、今後は一緒になって売り出したりするんじゃないかのぅ。近所にこれだけ揃ってるんじゃから、皆でやるほうがいいじゃろ。

「アサオ殿、マヨネーズ……いや、カラシをくれ。この肉に合いそうだ」

「マヨネーズとカラシ、どっちもイケそうじゃよ?」

ロッツァの食べるバーガーにカラシを添え、儂のバーガーにはマヨネーズを付ける。クリムはどちらも欲しがった。カッサンテは少しだけカラシを舐めて顔を顰め、

「辛いですーっ!」

と叫んでおる。カッサンテのバーガーにマヨネーズを搾って食べさせたら、辛みが和らいだようで、涙目ながらも嬉しそうな顔をしておった。

店内から出てきたパン屋の女将さんが何をしているのかと聞いてきたから、儂は素直に答えておいた。商業ギルドに登録してあるバーガーのアレンジレシピじゃと教えたが、やはりまだ知らんそうじゃ。

折角出てきてくれたので、儂の欲しいパンとパン種の話をすると、すんなり引き受けてくれた。パンは定価そのまま、パン種は焼き上がりのパンの七掛けになった。儂は美味しいパンとパン種が安定して買えるなら、それで不満はないわい。

それとは別に、儂らが今食べているバーガーを作って売りたいと言われたが、どうすればいいんじゃろか？　使用料などは儂も知らんし、ギルドに口利きすればいいんかのぅ？これだけ材料が揃った立地じゃ、やらんのは勿体ないじゃろ。串焼き屋の肉も美味いし、葉野菜もぱりっと鮮度抜群じゃ。肉屋も抱き込めば尚のこと良いかもしれん。燻製肉を売ってそうじゃから、ベーコンレタスサンド風にできそうじゃよ。

カッサンテが隣におるから聞こうかと思ったんじゃがのぅ……それより早く、パン屋から子供が飛び出していきよった。ギルドへ向かったならば、儂の名前も伝えてあるからきっと大丈夫じゃろ。

パン屋の女将さんと旦那さん、串焼き屋の店主、野菜店の嬢ちゃんが続々と出てきたので、簡単な試食会になってしまった。バーガーやサンドイッチを披露したら、肉屋の女将さんも出てきよった。

「店は旦那に任せてあるから平気よ。気にしないで」

と言っておるし……ま、いいじゃろ。

フィッシュバーガーをひと口齧ったパン屋の女将さんが、今度はどこかへ走って行ってしまう。儂らが歩いてきた方向じゃから、魚屋か港にでも行ったんかのぅ。

やいのやいのと話が盛り上がり、結構な時間が経ってしまった。パン屋の子供がクラウスを、女将さんは漁師の女性を二人連れてきておる。儂の名前が出ていたので、ギルドからクラウスが直接来てくれたらしい。

手間をかけさせたようで悪かったが、クラウスに説明されて儂にもレシピ絡みの話が理解できた。レシピ使用料をギルドに払えば何の問題もないそうじゃ。誰が作ろうとアレンジしようと、大丈夫なように登録してくれたんじゃと。イレカン、レーカスもそうしてあるから、カタシオラでも同じように手配したらしい。

儂のレシピの使用料は、純利益の８パーセント。現在設定できる最低価格みたいじゃよ。それで広まるならありがたいことじゃ。

漁師の女性は人魚なんじゃが、手押し車に載せた大きな盥に入っておる。もう一人の漁師は、見た目が女将さんたちと変わらんから、たぶん人族じゃろ。女将さんと二人で盥を運んできたみたいじゃ。

ここで試食会を続けるわけにもいかんから、クラウスと漁師さんたちにそれなりの量の料理を渡しておいた。

しかし、カッサンテに頼んでいた伝言が不要になってしまったのぅ。

クラウスはギルドへ戻り、伝言の必要がなくなったカッサンテは手押し車を押して帰るそうじゃ。カッサンテの筋力が不安じゃったから、《強健(ハーディ)》を弱めにかけておいた。荷物運びの際に使うような魔法じゃないそうで、とても驚(おどろ)いておったよ。

突発の試食会はお開きになり、儂はパンとパン種を買って帰る。パン種は途中で店内に戻った旦那さんが仕込んでくれていたのじゃ。これからも定期的に買う約束ができたのは本当良かったのう。開店に一歩近付いたわい。

《 5　金物屋に依頼 》

朝ごはんの後、ロッツァは日向(ひなた)ぼっこを始めてしまい、ルーチェたちは儂の作った甘味でお茶会としゃれ込んでおる。日向ぼっこの気分でなく、甘味にも興味を示さんかったクリムは、儂と一緒にお出掛けじゃ。

今日の目的地は金物屋。武器や防具でない金物は金物屋に頼むのが普通みたいじゃからのぅ。刃物なら鍛冶屋(かじや)も請(う)けてくれるんじゃが、儂の欲しい物は銅板と焼き型じゃからな。

嫌な顔をされたり断られたりするのはどちらも良い気分じゃないから、金物屋一択になるんじゃよ。

通りを進み目的地を目指せば、金物屋と鍛冶屋が一軒挟んで並んでおる。挟まれた一軒も金属製品の販売店じゃから、もろに関係者じゃな。店の中を少し覗けば武器に防具、包丁に大工道具といろいろ見えるが、銅板は並べられてないのぅ。

「何かを探しているのか？」

いかにも職人な男に声をかけられたので、儂の欲しい銅板の大きさと厚さを伝えたら、怪訝な顔をされてしまったわい。ここの親方だったようで、銅板を欲しがる客は初めて見たんじゃと。

魚の形をした焼き型を頼んだが、加工技術的に無理と言われたので、丸型にしておいた。ついでに厚い銅板に半円の窪みを作ることはできるか聞いたら、やってみると答えてくれた。魚の焼き型を断った手前、やれそうなことは試してくれるそうじゃ。

どっちも鋳物になると思うんじゃが、何が違うんじゃろか。魚を真似るのが難しいのかのぅ……半円は削るつもりか？

鉄板も欲しかったから、三尺四方の大きさに仕立ててもらった。使う機会が多いからか、大判で在庫を持っていたようじゃ。儂の頼んだ寸法に切ってバリを取り、縁を曲げて取っ手を付けるまで、あっという間じゃった。

銅板だけなら二日、焼き型も一緒なら五日欲しいとのことじゃから、代金を前払いして五日後に受け取る約束を済ませ、金物屋をあとにした。受け取った鉄板を軽々持つ儂を、親方さんは目を見開いて二度見しておった。取っ手をクリムと片方ずつ持ち、歩いて帰ることにしたが、それはそれで通りを行く皆に見られることになってしまった。

角を曲がって裏通りに入ったところで、【無限収納（インベントリ）】に鉄板を仕舞う……最初からこうするべきじゃったな。【無限収納（インベントリ）】を見られないようにと注意したのが災（わざわ）いしたのぅ。

小さな店を何軒か寄り道がてら覗き、肉、野菜、卵に牛乳、小麦粉を仕入れて家へと帰る。すると、庭先で隠居（いんきょ）貴族のクーハクートがメイドさんと一緒に待っておった。屋敷で作った花豆の味見をしてほしくて来たそうじゃ。

庭先に組み上げた竈へ、買ってきた鉄板を下ろす。この後焼き入れをやるが、その前にクーハクートの用件を済まさんとな。

メイドさんに渡された花豆は、ふっくらと炊かれておった。豆の味もしっかり残っとるし、砂糖の甘みも感じられる。煮崩（にくず）れてもおらん。安心したメイドさんは、ほっと胸を撫で下ろしておる。

用事の済んだクーハクートたちは帰るかと思ったが、皆で鉄板をじっと見とる。何か新しいものが出てくると考えとるんじゃろ。

儂は竈に火を入れ、鉄板を焼く。ロッツァはまだ日向ぼっこをしとるし、クリムは儂から離れて潮干狩りを始めよった。

焼けた鉄板を火から下ろして冷ます。粗熱が取れたら洗ってまた焼く。油を回し入れてから野菜屑を炒める。竈から下げてまた洗う。で、油を馴染ませたら焼き入れは終わりじゃ。

クーハクートが不思議そうに見ておったが、最初に焼き入れをせんと料理が鉄臭くなってしまうんじゃよ。それに焦げ付き易いしのぅ。

鉄板で最初に作るなら、お好み焼きじゃな。先日のエビや貝がまだ残っとるし、肉も野菜も仕入れたから準備万全じゃ。

粉をダシで溶いてタネにして、キャベツを千切りに。天ぷらを作った時の揚げ玉も【無限収納】から出して、エビ、貝、肉はひと口大に切る。ネギも刻んでおくか。ヴァンの村近くの山で掘った山芋もすりおろさんとな。

ひと玉分のタネを丼にとり、キャベツなどの野菜を盛る。卵を一個と山芋を少し加え、空気が入るように底から大きくかき混ぜる。熱々に熱した鉄板に厚さ3センチくらいの円になるよう流し入れ、薄切りの肉を載せる。あとはひっくり返すまでいじらん。

同じように海鮮お好み焼きも焼く。蓋がないことを忘れとったが、片手鍋を被せておけばいいじゃろ。

数分蒸し焼きにしてから片手鍋を取り、くるっとひっくり返す。ヘラは神様のイスリールがくれたものがあって良かったわい。二つ続けて成功したので、クーハクートもメイドさんも感心しとる。返した後は蓋をしちゃいかん。蒸し焼きは最初だけじゃ。

青のりがないのは残念じゃが、ソース、マヨネーズを並べ、鰹節を削って薬味をおく。ダンジョンで拾った鰹節はまだあるが、どこかで仕入れられんか探さんとな。欲しいと思っても、ダンジョンのあるレーカスは遠いからのぅ。

薬味を準備しとる間に焼けたようで、最後の返しじゃ。これで両面かりっと仕上げるんじゃよ。焼き上がったお好み焼きにソースを塗れば、辺りに香ばしい香りが広がる。ロッツァもクーハクートもメイドさんも、ソースの香りに刺激されて腹を鳴らしておる。潮干狩りをしていたクリムもいつの間にか戻ってきて、儂の足元でそわそわしとった。

お好み焼きを格子状に切り、マヨネーズをかけて、削り節をぱらりと載せれば完成じゃ。各々好きなように食べてくれ。どちらも問題なく出来たから、じゃんじゃん焼いていくぞ。ただ、焼き上がりまでの時間がかかってしまうからのぅ。とりあえず唐揚げや常備菜を摘まんで待っといてもらうかのう。

それぞれが数枚ずつ食べたら満腹になってくれたようじゃった。ロッツァだけは十枚くらい食べておったな。久しぶりのお好み焼きは美味いもんじゃった。

《 6 新しい甘味 》

毎日のように花豆を炊いておるが、一向に【無限収納】に溜まる気配はない。それぞれの好みに合うように微調整を続けとるので少しずつ味が変化しとると思うんじゃが、残さず食べてくれとるということは、美味しいんじゃろうな。

クーハクート、メイドさん、商業ギルドのマルにカッサンテもちょくちょく顔を出しとる。調理法の習得と進捗状況の確認と言っておったが、実際は味見が主目的じゃな。メイドさんは順番に来る人が代わっとるし、マルたちにも土産をツーンピルカへ運んでもらっとるから、あながち嘘でもないがのぅ。

クーハクートはわざわざウチの庭に花豆を炊きに来るから、確実に試食が狙いなんじゃがな。前払いした白金貨もある上、花豆の炊き方に間違いがないかを儂に確認する建前まで用意してる。強く断る理由がないのも事実じゃから、好きなようにさせておる。

影人族のカナ＝ナとカナ＝ワへの魔法指導は、ナスティも手伝ってくれるから存外儂の負担になっとらん。料理などに魔法を使って操作と強弱の練習じゃ。ナスティ、クリム、ルージュも一緒にやっておるのが良い影響を及ぼしとる。クリムとルージュは儂の役に立ちたいと一所懸命じゃし、カナ＝ナたちは魔法で後れを取りたくない。ナスティはひと通りこなせるしの。意識しないようにしても、同じことをする者がおれば、負けたくないと思ってしまうじゃろ？　負けん気の強い子ほどその傾向が出てしまうからのぅ。

あと、カナ＝ナたちには補助魔法を教えておる。中位や上位の魔法を使う時間を、自分だけで稼ぐ手段の一つになると思うんじゃよ。仲間がいないと何もできないんじゃ生き残れん。

ついでにルーチェとロッツァを相手にした実地訓練も積ませとる。初級魔法や補助魔法での牽制を肌で覚えてくれるじゃろ。

「いってらっしゃーい」

ルーチェに見送られながら、儂は出掛ける。今日は金物屋に銅板と焼き型を受け取りに行く日じゃ。儂の背にはルージュが負ぶさっておる。数日離れたせいで甘えん坊に磨きがかかりおったようじゃな。

通りですれ違う人から見られまくったし、今も金物屋の親方さんに驚いた顔で見られとる。そんなことをルージュが気にするはずもなく、終始機嫌良く儂の背中に乗ったままじゃ。

儂は銅板一枚、丸い焼き型三個、いくつもの半円の窪みが並ぶ銅板一枚を親方さんから受け取る。良い出来なので、四角い銅フライパンを追加して頼んでみた。これも作ったことのない物のようじゃ。

大きさと厚さを伝えたら、他にも作る物はないかと言ってくれたので、親子鍋と鉄板用の丸蓋を頼んでおいた。

フライパンも親子鍋も丸蓋も、持ち手を木材でとお願いしたら、頷いてくれた。見本になればと簡単な絵を描いて渡したのが良かったのかもしれん。今回は三日で作ると気合を入れておった。

急ぐものでもないからのんびりで構わんと伝えたが、やる気が満ち溢れとる職人には効果がないようじゃ。

受け取った銅板などを抱えて金物屋をあとにする。すぐに裏通りに入って品物を【無限収納】に仕舞い、ルージュを背負ったまま散策して何軒か店を覗いていく。根菜を扱う店が見つかったので、サツマイモ、ジャガイモ、ダイコン、ニンジンといろいろ買えたわい。ゴボウっぽいものもあったから買ったんじゃが、香りがしないのはなんでじゃろ？　あとで食べてみて判断するしかないのぅ。

家に帰って、まずはサツマイモとジャガイモを蒸かす。その間に甘めの生地を仕込む。蒸かしたサツマイモを5センチ角くらいに切って、生地を付けて銅板で焼く。クーハクートの炊いた花豆も同じくらいの円盤型にして焼く。

ひっくり返す時に、また生地を付けて銅板へ戻す。周囲に焼き色が付けば完成じゃ。きんつば……おやき……まぁ、その手の物じゃよ。

生地だけを10センチくらいに広げて焼けば皮が出来る。その皮に餡子を挟めばどら焼きになる。果実を一緒に入れるも良し、ジャムを挟んでも良いな。

焼き型には生地と餡子を入れて閉じてある。何度かひっくり返して焼くだけで大判焼きじゃ。お好み焼きみたいに仕立てた物も作ったから、ロッツァも満足してくれるんじゃないかのぅ。

たこ焼きはどうするか……タコはまだないんじゃが、イェルクにもらったソーセージ、いやブルストを入れるか。エビやイカ入りも作っておけば、誰かしらが食べるじゃろ。一緒には作らんが、甘い物を入れても様(さま)になると思う。

ちゃっちゃか仕上げる儂を、メイドさんが目を輝かせて見ておる。ルーチェとクーハクートは出来立ての料理から目を離さん。

皆に料理を勧(すす)めたら、あっという間に食べ尽(つ)くされた。予想通り、ロッツァは小型お好み焼きを気に入ってくれたようじゃ。甘い物ばかりじゃったが、皆良い笑顔を見せてくれとる。

何の店を開くかまだ決めとらん。が、この笑顔を見たいのも事実じゃ。となると、お茶と食事の店になるかのぅ。

《 7　肉も魚も野菜も 》

今日は、先日根菜類を多く仕入れることができた裏通りの店を再び訪れる。

今まで見てきた他の店よりかなり安く売られておってな。形や大きさが歪(いびつ)で、売りものとしては不適格なんじゃと。見た目が多少悪くても十分美味しい野菜じゃったから、また仕入れておこうと思ったんじゃよ。

店主をしとるお姉さんに聞いたら、店にも並べられない、自分たちで食べるだけの野菜がまだあるそうじゃ。仲卸しからの仕入れにしては量がおかしいと思って聞いてみたら、両親と祖父母が畑をしとると教えてくれた。

店で出す料理に使うので、たくさん仕入れたいと頼み込んでみた。自分たちで食べるのにも飽きとったらしく、買ってくれるなら喜んで取引をすると言ってもらえた。ただ、必ず決まった量を揃えられるわけではないと釘を刺されたが、そこは分かっとるから大丈夫じゃよ。

良かったら寄ってみて、と店主さんが教えてくれたのは、三軒進んだ先の肉屋じゃった。どうやら肉屋にも再利用が難しい食材があるらしいんじゃよ。

肉屋の主人に聞いてみれば、スジ肉や脂身が結構な量残されておった。あと骨が大量じゃ。牛、豚、鶏に何か分からん魔物の骨まであるな。

ダシとりに十分使えるから買おうかと思ったんじゃが、タダで譲ると言われてしまった。さすがに悪いので、いろんな肉を塊のまま大量に仕入れ、そのおまけとしてもらうことにした。

脂身と赤身肉を細かく叩いてミンチにして、小判型に成形すればハンバーグじゃ。焼くなり煮るなりして中までしっかり火を通せば、新たな売り物になるじゃろ。肉の比率や味付けなどは要研究じゃが、主人が頑張ってくれると思うからの。

　家に帰る前、漁港へ寄り道したら漁師のベタクラウがおった。先日の小魚料理の試作品を皆に伝えたところ、もっと欲しがられたそうじゃ。

【無限収納】に入れてある分を適当に渡すと、抱えるくらいの大きさの桶を差し出された。中にはカニや貝、小魚がわんさか入っとった。

　そこそこ大きな魚もいたので、これは何かと聞いてみたら、買い手の付き難い魚なんじゃと。ウツボやホッケに見た目が似ておる。

　どれも活き〆をしっかりされとるから、【無限収納】に難なく入れられたわい。ありがたいことじゃ。

　それからもう一軒、パン屋へ寄る。儂の作るバーガーに使うには主張が強いんじゃが、美味しい丸パンを売ってる店なんじゃよ。昨日の売れ残りなんじゃろう硬くなってしまったパンが、棚の隅に追いやられていたので、購入しておく。おろせばパン粉にできるじゃろ。

　なんだかんだと昼過ぎまでぷらぷらして帰宅した儂を出迎えたのは、わたあめまみれのルーチェとマルじゃった。今日はわたあめ作りをしたいと言ってたので、誰も一緒に出掛けんかったんじゃが……思った以上の大惨事になっとる。ルーチェとマル以外の者も、どこかしらにわたあめを付けとるし。

ルーチェとナスティがカッサンテを連れて風呂へ向かい、ロッツァとクリム、ルージュは砂浜で《浄水》を浴びておる。ロッツァに付いていたわたあめは取れたようじゃが、クリムたちのは取れとらんな。

儂は盥に《浄水》と《加熱》で湯を張り、マルに清潔な布を手渡して身綺麗にしてもらう。それでもダメなら、女性陣の入浴が済んでから、風呂に入ってもらおうかの。終わったらクリム、ルージュにも使わせるからな。

その間にわたあめセットを【無限収納】に仕舞い、庭の竈周りも片付け、ちゃちゃっと支度して皆で昼ごはんとした。

午後は今日仕入れた野菜や肉、魚の仕込みじゃ。肉だけ、肉と野菜、野菜だけ、魚一匹、カニ、先日作ったさつまあげなど、それぞれを串で打って皿に並べていく。

豚肉と脂身でハンバーグを作り、表面に焼き目を付ける。あとで煮込むから、中まで火を通さんでも問題なしじゃ。

和風ダシで煮込み、根菜もたくさん入れる。簡単デミグラスソースに少しだけ味噌を入れて仕上げれば、香りも風味も豊かになるんじゃよ。

風呂から戻った者たちが、煮込みハンバーグに視線を集めとる。ルーチェも指をくわえてじっと見とるが、量が足りんから味見はなしじゃぞ？

さっき串打ちしたものに衣とパン粉をまぶし、熱した揚げ油に入れて、周りがきつね色になってぱちぱち軽い音が立てば完成じゃ。じゃんじゃん量産するそばから皆に食べてもらう。間食にしては重いかもしれんが、ある程度で止めればいいじゃろ……止まるよな？

ウスターソースの香りと、摘まみ易い形の串揚げ。箸休めにざく切りキャベツも添えたら、皆の手が止まることはなかった。代わりに煮込みハンバーグは無事じゃった。

マルとカッサンテは串揚げを気に入ったらしく、店をやるなら是非出してもらいたいとまで言われてしまった。カッサンテは甘味も食べたいと呟いておった。

《 8　店はどうするかのぅ 》

商業ギルドに顔を出してシロルティアやツーンピルカと話したところ、扱ってほしい食べ物が次々出てきおった。なので、どれもこれも出すことにしてしまったんじゃよ。

ただ、一日おきに店を開けることと、提供する料理はその時々で変わることを伝えておいた。ようはあれじゃ、店主の気まぐれ的なもんじゃな。

とはいえ全く予想が付かないのは誰もが困るから、ある程度の順番だけは決めようかと思う。毎回必ず提供できるのは、飲み物とかりんとうかのぅ。

帰宅して皆に相談すると、ロッツァからは肉の日、魚の日などと決めてはどうかと提案され、ナスティからは軽食の日、定食の日と分ける案、ルーチェには甘い物だけの日も欲しいと言われた。

どの案も一長一短あるのは確かじゃな。ただ、パン、魚、野菜は毎日仕入れるつもりじゃから、食材が余ってしまうことになるのぅ。【無限収納】に仕舞えば腐ることはないが……いっそのこと何でもかんでも並べてみるのも一興か。

「どうやるの？」

「レーカスで店を開いた時は一皿ごとで売ったじゃろ？　あれを食べ放題にして、決まった時間と値段にしてしまうんじゃよ」

食べ放題と聞いたルーチェの目が輝きよる。クリムとルージュも元気に跳ねておる。

「分かりやすいね。でもそれだとじいじが大変じゃない？」

「そうでもないんじゃよ。先に作って【無限収納】に仕舞っておけるし、大量に作れるものや手間のかからないものを優先して出すからのぅ。出来立てのほうが美味しいものはその場で作るが、それもそう多くは作らん。並べる料理は儂の好きなようにすると言ってあるから、誰にも文句は言われんしの」

納得してくれたルーチェが、相槌のように「へぇ」と言っておる。

「儂は作った料理を大皿で並べるだけじゃ。あとは好きなように自分で皿に盛って食べてもらう。ごはんもパンもおかずも甘い物も、好きなだけ食べられる。酒は出さんが、飲み物も好きに飲んでもらえて、一時間１０００リルくらいなら来てくれると思うんじゃが……どうかの？」

「安すぎませんか～？」

「小魚も野菜も安く仕入れる手筈を済ませとる。大ぶりの魚や魔物の肉は、ロッツァに頼めば良いじゃろ？」

疑問を口にしたナスティも、ロッツァと目を見合わせてからこくりと頷いてくれる。クリムとロッツァも儂の両隣で首を縦に振っておるな。

「私はお店で何すればいいの？」

「料理を並べたり、空いた皿を集めて洗ったりするくらいじゃな。おぉ、そうじゃ。赤族の村で作った焼き鳥を任せてもいいか？」

ルーチェは自分の役目がないことを心配したようじゃが、儂の提案で目をキラキラさせよった。皆にも何かしら頼めば、あぶれた感じは受けんじゃろ。

とりあえず概要を商業ギルドに伝えて、試験的に店を開いてみたいのぅ。その機会を使って漁師たちに試食してもらえんかな？　先日商業ギルドに伝えたレシピだけじゃ、どんな味か分からんじゃろ。試食会と開店準備を兼ねれば、誰も損することはないはずじゃ。ご近所さんを呼んで『こんな店を開く』と宣伝するのも良いか。騒がしくなってから話を通すより、先に仲良くなったほうが利口じゃな。

ルーチェから、焼き鳥の他に、わたあめもできないかと言われた。これは難しいぞ。先日のわたあめまみれ事件がまた起きてしまう。それに火と風の魔法を使える者が必要じゃ。

ルーチェとしては、自分で作るのが面白かったんじゃと。それを皆もやれないかと思ったそうじゃ。

となると火傷は怖いにしても、銅板や鉄板での料理が良いかもしれん。お好み焼き……は難しいな……きんつばや大判焼きならできるかの。

折角の意見じゃから、どこかでやらせてやりたいのぅ。おぉ、そうじゃ。わたあめをやるならズッパズィートとデュカクに相談して、カナ＝ナたちを雇えないか聞いてみるのも手じゃな。あの子らは、前にやっておるからなぁ。

しかし誰も、料理の種類が足りないかもとは口にせんな。儂からナスティに聞いてみたら、

「目新しい料理が並んでいるんですから平気ですよ～」

と笑顔で返された。メイドさんたちがわざわざ習いに来るくらいなんじゃから、そうなのかもしれんな。実際何種類くらい提供するかは、店を開けてみないと分からんしな。多すぎても少なすぎても良くないじゃろう。

「また明日にでも商業ギルドへ相談に行かんとならんな」

儂が呟いたら両腕をクリムとルージュに掴まれた。明日と言ったのに今から行きたいみたいで、儂の腕を二匹がかりで引っ張りよる。

ルーチェたちに見送られ、本日二度目の商業ギルド訪問となった。

話してみると、ツーンピルカもシロルティアも非常に協力的じゃった。今すぐにでも家に向かいそうなのを儂が止めるほど前向きな姿勢を見せよる。初めて聞く店の形式に興味津々のようじゃ。

とりあえず準備がいるから明後日にしてもらったが、手の空いてそうな者にはなるべく声掛けをすると意気込んでおる。

冒険者ギルドは、急ぎの仕事があったのかとても慌ただしく動いておったから、明日以降に持ち越しじゃな。

帰りがけに漁港でベタクラウに同じことを話せば、こちらも至って好感触の反応を示してくれた。手土産に何を持参するか相談し始める始末じゃ。

通商港のテッラにも声をかけたが、こちらは「迷惑にならない程度の人数でお邪魔させてもらいます」との答えをもらった。

さて、とりあえず一旦家へ帰るか。クリムとルージュは、とても機嫌良く儂に抱きついとった。通りですれ違う皆が皆、複雑な顔をしておったのが印象に残っとる。

《 9 東奔西走 》

方々への挨拶は昨日のうちにひと通り終えたが、料理の仕込み以外にもやることがあるから、今日もなかなか忙しいわい。食器もかなりの数が必要になるし、買い集めんとならん。流れ者の儂がやる店じゃから、他所の土地の食器を並べるほうが『それっぽい』気がするのぅ……ポニアの工房から仕入れるか。

儂は神殿に入って祈り、イスリールのところを経由してフォスの街へ。通行料として、儂の炊いた花豆餡子と、甘納豆を手渡しておいた。今日は風の女神がおって、手土産に小躍りして喜んでおった。

ポニアは突然現れた儂に驚いておったが、以前頼んでおいた茶筒を渡してくれた。そろそろ材料のエルダートレントが底を突きそうと洩らしておったが、手持ちに木材はない……いや、あるにはあるが巨人樹の丸太じゃからなぁ……ちらりと見せたが全力で拒否され、仕舞わされた。

「使ってみたいけど私の腕じゃまだまだ扱えない……」

葛藤するポニアが面白かったから、まぁいいじゃろ。

大皿、中皿、小皿、大鉢、小鉢を大量買いしたら、代金はまとめて大金貨三枚じゃった。前払いしてある茶筒の製作費と相殺はせずに支払う。あれは茶筒の為の分じゃからな。またどこかで木材を仕入れたら、持ち込んでみようかの。

仕入れが終わったので、次はイレカンへ向かう。フォスの神殿で神官長のルミナリスに会ったので、かりんとう、ポテチ、きんつばを渡したら、とても喜ばれたわい。神殿を通るのに、神様にだけ通行料を支払うのも気が引けるからのぅ。

イレカンに行くのは、仕入れより顔出しの意味合いが強いかの。減っていた香辛料を少しだけ仕入れて、商業ギルドでサチアとタオニャンに挨拶したら用は終わりじゃ。神殿でサルシートに会えたので、アジの南蛮漬けを進呈しておいた。

最後にレーカスに立ち寄った。先日退けた大角たちの襲撃事件から、街はまだ回復しとらんかった。

漁師のハイルカンとウルハに天草採りを頼み、カタシオラへ帰る。いるはずのない儂と出会った二人は、驚きのあまり固まっておったが、なんとか依頼を理解して頷いてくれたから大丈夫じゃろ。

見本の天草も置いてきたから大丈夫であってくれ、頼む。

レーカスより遥か北にあるカタシオラの海はもう冷たいんじゃ。ロッツァやクリムは元気に泳いでおるんじゃが、先日座礁船を助けた時に浴びた海水が心底ちべたくてな……儂に海はもう無理じゃよ。

カタシオラの神殿へ戻ると、女性の神官さんが一人だけおった。急に現れた儂に驚いていたが、すんなり受け入れてくれたようじゃ。イスリールからの通達が来とるんじゃろ。

お菓子を渡そうと鞄を漁っていたら、神官さんが何人もわらわら集まってきよった。それぞれに渡すのは無理っぽいから、大皿に盛ったポテチとパン耳ラスクを一皿ずつ渡すと、歓声を上げて喜んでおる。儂を崇めようとする者もおったが、なんとかやめさせた。これ以上騒ぎが広まる前に撤退じゃ。

家に帰る前にナイフ、フォーク、スプーンを複数の店で買い集める。全部フォスで仕入れるより、いくらかは地元の物も買うべきじゃろ？　店を分けて買ったのに非常に似ていたナイフなどは、同じ工房の作品らしい。出来が良かったので工房を教えてもらい、箸を頼んでみた。端切れのような木材を使い切れるからと喜んでおったわい。

小ぶりなナイフなどを欲しかったんじゃが、どこにも置いておらんかった。なのでそれも追加じゃ。

冒険者ギルドに顔を出したら、デュカクだけがおった。受付の職員が儂を覚えてくれとってすぐに取り次いでもらえ、話が早かったのぅ。

仮で開ける店のことと、カナ＝ナたちを雇いたい旨を伝えて、用件は終了じゃ。向こうとしても二人の改心した姿を見せる機会になるから話を進めたいと言ってくれた。毎回必ずは難しいから週に一度くらいとも付け足しておったが、十分好感触じゃな。とりあえずこの件は、本人を含めてズッパズィートと相談してくれるそうじゃ。

デュカクからは買い取りたい素材のリストをもらったので、帰りに倉庫へ寄らんとな。量があるから素材売り場で出されても困ると言われてしまってのぅ。

倉庫に場所を移したら、買い取りの責任者だと名乗る初老の男性職員が待っとった。リストに書かれていた毛皮、牙、骨、爪などを並べてる最中にデュカクも顔を見せたが、袋を職員に手渡してすぐに出て行ってしまった。

儂が出し終えた素材を一瞥(いちべつ)しただけで、初老の職員は代金入りの袋を渡してくれた。しかもにこやか笑顔で頭を下げてきおる。先日見本として置いていった素材で十分信頼してくれるそうじゃ。

「是非、また立ち寄ってください。これだけの素材を卸(おろ)していただけるなら、解体手数料は無料にさせてもらいますよ」

と営業までかけられてしもうたわい。

機会があればと答えて倉庫をあとにしたが、わざわざ見送りに出てきよる。儂に手を振り、頭を何度も下げる姿勢は、上得意を相手にする商人のそれじゃった。

《 10　開店準備 》

食器などの仕入れを昨日済ませたので、今日は朝から料理をしまくる予定じゃ。

野菜を主に使った煮物を、寸胴鍋(ずんどうなべ)でたっぷり作る。漬物(つけもの)やピクルスもたくさん仕込み、すぐさまアイテムバッグに仕舞う。料理によって【無限収納(インベントリ)】とアイテムバッグに振り分けて、台所が手狭(てぜま)にならんようにせんと、上手に立ち回れん。ラタトゥイユや野菜ジャムは見栄(みば)えするから、多めに作ってもいいじゃろ。パスタソースなどにもアレンジできるしの。

二つの土鍋ではそれぞれ、豚の角煮と牛の角煮を炊いておる。また、儂と同じく地球からこっちにやってきたローデンヴァルト夫妻に教わった、豚の骨付き肉を塩水で茹でるドイツ料理のようなものも別の寸胴鍋で作っとる。

主菜になりうる肉料理となると、あとはステーキじゃろか。そうすると端切れや成形後の切れ端なども溜まるから、それはハンバーグにしようかのぅ。

それぞれ小出しにして全部は並べんから、何度も来る楽しみを感じてくれると嬉しいんじゃが……出し惜しみと思われたらいやじゃなぁ。

魚料理は焼き物、揚げ物をメインに据えようかと思っておる。さつまあげ、南蛮漬けも作るが、主役を張れるほどのインパクトを持っとらん。大きな魚が、尾頭付きで出てくれば驚くじゃろ？

「アサオ殿、柱はこんなものか？」

庭におるロッツァから問われたので、台所から表を見る。ロッツァが支える直径20センチくらいの丸太の上に、ルージュが立っておる。

「もう少し埋めて、クリムの柱に合わせてくれ。その真ん中に今くらいの高さのを頼む」

「分かった」

ルージュが柱の上で器用にジャンプを繰り返し、ロッツァが支える柱が少しずつ沈んでいく。もう一本立つ柱に座るクリムが、ばしんと柱を叩いて合図を送ると、ルージュは飛ぶのを止めた。

「ありがとな。あと一本頑張っとくれ」

クリムがこくりと頷き、ルージュは両前足を広げてビシっと柱の上でポーズを決めよった。既にロッツァは三本目の柱を取りに行っておる。埋めるほうの先端は、儂が削ってある。そちらはロッツァたちに任せ、儂は再び台所へ戻る。

「クリムもルージュもよく落ちないですね～」

儂の手伝いをしてくれてるナスティは、柱の上の二匹にちらりと視線を送っただけでまた魚を捌き出す。美味しくないハラワタやヒレなど再利用できない部位は、一つ所にまとめてある。これはあとでルーチェが消化してくれる予定じゃ。

「美味しくないから、プリン一個で一回ね」

そうにこやかに言われたら、素直に払うしかなかろう？

ベタクラウにもらった小イカは、《駆除》をかけてから塩辛に仕込む。ゲソ、ミミ、身を適当な大きさに切って、ワタと塩に和えるだけなんじゃ。あとは毎日かき混ぜ、塩味を見る。酒盗もちゃんと仕込んであるぞ。

儂らの料理が粗方済んだ頃、庭で昼ごはんをとることになった。ロッツァたちが立てた柱に濃い紺色の布を張ってあるから、庭に屋根付きのちょっとしたスペースが出来てあるんじゃよ。布には極々弱いながらも《堅牢》が付与してあるので、見た目以上に頑丈な作りになっておる。

皆が頑張ったご褒美に、極厚ポークステーキを仕立てた。豚肉の周りに焼き目を付けたら、フライパンごとオーブンに入れて中まで火を通す。素材が良いから、味付けは塩胡椒のみじゃ。ロッツァにごはんの上へ載せてほしいと頼まれたので、フライパンに残った肉汁に醤油と酒を和えてソースにして、ポークステーキ丼にしてあげた。すると結局全員分がポークステーキ丼になったのは、必然なんじゃろな。

昼ごはんの後の料理の最中に、シロルティアがマルと連れ立って家に来よった。店の形式をお披露目の前に知りたかったんじゃと。マルは提出書類の書き方を覚える修業中なんだそうじゃ。儂の説明を書き起こして、シロルティアの書類と見比べて採点されると言っておった。

実地研修の一環で、儂の店の担当はマルとカッサンテの二人になるらしい。この店の経営状況、将来性などを観察して報告を上げるみたいじゃ。シロルティアが担当する話もあったんじゃが、二人がやる気を見せた結果、任せることに決まったんじゃと。

儂のやることは何も変わらん。若手二人から何か問われたら、答えられる範囲で答えれば構わんそうじゃ。

「手が空いたので、我は魚を獲りに行ってくる」

シロルティアと儂が話している間、手持ち無沙汰にしておったロッツァが、儂にひと声かけて海へ向かった。ルーチェとクリムも同行するみたいじゃな。

クリムは貝を獲りたいらしく、儂に籠をせがんできよった。晩ごはんの食材にすると伝えたので、皆のやる気が漲っておる。怪我と獲りすぎに注意するよう言っておいた。

ルージュが同行しないのはなんでかと思って、周囲を見回せば、ナスティに魔法を習っておった。そこら中を穴だらけにして、その穴をナスティが埋めておる。

マルとシロルティアが帰ると、今度は儂が一人取り残されることになってしまった……といっても手が空いたなら、儂は料理を量産せねばならん。仮開店は明日じゃからな。

皆が戻るまで揚げ物の仕込みを続け、【無限収納】に仕舞いまくった。

ロッツァたちの獲った魚を煮つけにして晩ごはん。クリムの集めた貝は今夜一晩砂を吐かせて、明日の朝ごはんじゃ。先日作った生け簀が今日も役立ったわい。

《 11 バイキング・アサオ 》

食器の仕入れ、料理の仕込みも昨日済ませて準備万全な今日は、朝から皆元気じゃった。

朝ごはんも残さずぺろりと平らげ、やる気が満ち溢れておる。

メニュー第一弾となる惣菜も様々な種類を並べた。あとは客が来てから仕上げる焼き物、揚げ物じゃな。儂が揚げ物担当で、ロッツァはクリムとルージュと一緒に焼き魚を作ると張り切っておる。串を長めにしたからロッツァにもひっくり返せるんじゃよ。クリムとルージュは焼け具合を見るんじゃと。

ルーチェは焼き鳥を作るので、焼き台の前で火を眺めとる。炭の状態を見るのも大事じゃから昨日のうちに教えたんじゃが、今の姿を見る限り問題なさそうじゃな。ルーチェの持つアイテムボックスには串打ちされた肉や野菜が入っとる。

ルーチェの立つ焼き台の隣には鉄板が並べてあり、そこを受け持つのはナスティ。好奇心と向上心があり、腕も確かなナスティになら、安心して任せられるからのぅ。今日はステーキじゃが、お好み焼きもそのうちやるつもりじゃ。先日出した時はナスティも喜んで食べとったし、料理法もしっかり教えてある。何度か儂ら相手に練習させれば、店で提供しても問題ないくらいに慣れてくれるじゃろ。ステーキにしても、肉を焼くことにこだわりが感じられ、既に儂より上手い。好みの焼き加減にもしてくれるし、適材適所になっとるはずじゃ。

料理や食器を並べ終わり、昼少し前になった。声をかけておいた者が徐々に集まり出し、それぞれが会話を楽しんでおる。商業ギルド、冒険者ギルド、漁師、商港、隣近所の住人さん、思わぬところではカナ＝ナが在籍してたドマコルニたちのパーティも来てくれたから、総勢三十人を超えておる。これだけの数じゃと、手際良く動かねばならんじゃろな。そのあたりも忌憚なく聞ければ儂らの糧になるはずじゃ。

皆、会話しつつも並んだ料理に目を奪われておる。まだか？　と言わんばかりの視線を、次に注がれたのは儂じゃった。

「今日は集まってくれてありがとう。儂から皿を受け取ったら六十分食べ放題じゃ。主食、主菜、副菜、汁物、甘味と並べてあるから好きに取ってくれ。いろんな種類を少しずつ食べるも、決まった料理をずっと食べるも楽しみ方は自由じゃ。皿は何枚使っても構わんが、食べ残しはやめてくれな。おぉそうじゃ、料金は１０００リルを予定しとるんじゃが、まだ決まっとらん。いくらが妥当かの意見も受け付けとる。では皆、大いに食べて、飲んで、楽しんでってくれ」

静かに聞いてくれてた皆が、一斉に儂の前に並んだ。皿を渡すと好きなように料理を取っていく。

全品目を集める為、儂から二枚、三枚と皿を受け取る者、一皿分盛ったらすぐ食べ始める者、一種類を山盛りにする者、手分けして皿に盛る者、と十人十色な食べ方が見られて面白いわい。

儂が並べた料理を確保した後、ナスティやロッツァ、ルーチェの前に列が作られていく。ルーチェの前にはカナ＝ナとカナ＝ワが並んでおった。

皆笑顔で食べてくれとって、肉、魚、野菜と万遍なく料理が消えていく。

パン食文化じゃから、ごはんの減りが遅いのは、ある程度予想通りじゃな。しかし、ロッツァに頼まれて丼ものを三杯作って渡してからは、一気にごはんが消えていった。目の前で美味そうに食べるロッツァたちに引っ張られたようじゃ。クリムとルージュも丼を抱えながら食べておったし、影響力は大きいのぅ。

ルーチェとナスティからは玉子サンドを頼まれたので渡しておいた。冒険者の女性にも頼まれ、これも好評じゃった。儂は鯛に似た魚のヅケ茶漬けをさらさら食べて、昼ごはんを済ませとる。

皆の腹がほぼ満たされた頃に、儂が小さなホットケーキを、ナスティがきんつばを作ってみた。もう入らないと、男性陣はどちらかで我慢しとったが、女性陣は両方並んで食べておった。

全員が腹を抱えた状態で六十分経過する。皆の意見を聞こうかと思って茶を用意していたら、クーハクートがメイドさんをたくさん連れてきよった。その誰もが儂のところで料理を習ったメイドさんじゃ。

「何故、私に声をかけないのだ！」

いたくご立腹なクーハクートじゃった。メイドさんたちも声には出しとらんが、恨めしそうな視線を儂に浴びせてきとる……声をかけるの忘れとった儂のポカじゃ。これは食べさせないと納得しないじゃろな。

さっきの説明をクーハクートたちにもして、バイキングは再開された。

メイドさんは最初から甘味に手を出しておる。クーハクートは自分で料理を取り分けるのが楽しいらしく、メイドさんの分まで取っておる。

好きなようにさせとる間に皆から意見を聞いたところ、安くて嬉しいが１０００リルだと安すぎると言われた。出来立てを待つ時間も、何かしらを食べられるので気にならんそうじゃ。ご近所さんも『文句を言うほど騒がしくないから問題ない』と言ってくれた。値段的にも通って良いとも言ってくれたしの。

冒険者パーティは料理にも値段にも文句はないらしい。営業時間を気にしとったくらいか。ちなみにカナ＝ナとも和解しとった。

カナ＝ナとカナ＝ワの社会勉強の一環にもなると、デュカクとズッパズィートが二人で働くことを後押ししてきよる。日給も含めた話をしていたら、ご近所さんも興味深そうに聞いておった。

漁師組はもっと小魚を獲ると意気込んでおる。無理して獲らんでも、今日出していない料理がまだあるからと伝えたんじゃが、逆効果だったようじゃ。美味しい魚料理の為に気合を入れて帰っていってしまったわい。

儂らの動き、料理やサービスにも問題は見当たらん。すぐに店を開いても大丈夫とツー

ンピルカに太鼓判を押された。シロルティアからキラキラ輝く目で見られ、

「いつから開店ですか？」

と聞かれた。皆が期待を込めて『早く開けてくれ』と言っておったが、どうするかのぅ。

家族皆でやるんじゃから、とりあえず相談して決めるべきじゃな。

《 12 開店 》

三十人超を相手にした試験営業から三日後の今日、ついに『バイキング・アサオ』の開店じゃ。

一人で何枚も皿や椀を使うことを失念しとったから、またフォスやイレカンで買い集めてきた。

儂が買い出しに行っとる間、ルーチェたちは料理の練習をしておった。カナ＝ナとカナ＝ワは初日は勤務せんようにした。儂らの動きがある程度決まって、問題がなければ頼むことになっとる。

特に宣伝してないんじゃが、店前には既に数組の客が待機しておる。魚人、人魚、冒険者が数人に、あれは八百屋さんかのぅ。店番しとった女性と年配のご夫婦が一緒に待っとる。まだ昼まで一刻くらいあるんじゃないか？

「お客さんがいることじゃし、もう開けるぞ。料理がなくなるか、日が暮れたら店じまい

じゃ」

「はーい。頑張って焼きます」

「ステーキは任せてくださいね～」

「うむ。クリムたちと焼かせてもらう」

気合の入ったルーチェに、いつも通りのナスティ。頷くロッツァの両隣でクリムとルージュが飛び跳ねる。

皆の準備が問題なさそうなので扉を開け、開店の立看板を置く。そこには『一時間食べ放題1500リル。年齢一桁(ひとけた)は500リル』とも書いてある。1000リルは安すぎると皆に言われたから値段だけは変えたんじゃ。あとは子供向けの枠(わく)も作ったんじゃよ。それと『一日置きに営業します』ともしっかり書いとるぞ。レーカスの二の舞はごめんじゃからな。

魚人、人魚の客は先日来たベタクラウから仕組みを説明されていたらしく、お金と引き換えに儂から皿を受け取る。

「追加請求されても払えんぞ」

と笑顔で言っておった魚人たちじゃったが、

「そんなことはせん」

と儂が断言(だんげん)したからまた笑っておった。魚人たちは、他の客の心配を払うために気をつかってくれたのかもしれん。ひと通り説明したら、冒険者たちも頷いとった。

八百屋さんは、街中の店に比べたら値段も安いから、一度くらいは来てくれたんじゃと。卸した野菜の加工が気になったとも言っておった。今は息子たちが店番をしてるそうじゃ。

開店初日はこんなもんじゃろ……と思っていたら、昼を迎える頃に五人くらいが来た。冒険者ギルドの職員さんじゃった。デュカクがこの店をオススメしたそうじゃ。

となると、次に来るのは……儂が表に目を向けると、クラウスを先頭に十人来ておった。その後ろにはテッラの入った盥(たらい)を押す三人組がおる。多分商港関係者なんじゃろ。

儂は皆に仕組みを説明して代金とお皿を引き換える。それから料理の減り具合を見て、肉、甘味、魚、野菜の惣菜を順次追加していく。小さい《氷壁(アイスウォール)》の上に皿ごと載せた料理は、皆の視線を釘付けにしておる。魔道具を使わんでも保冷、保温できとることに驚いておるようじゃ。

手軽に美味しい料理を作る儂に注目してるのは、商業ギルドの面々じゃな。儂の手元を見ながら、皿に盛った料理を食べとる。食材と調理法のどちらも気になっとるから、一度に見られる台所前の席を気に入ったみたいじゃ。彼らが来る前は、八百屋さんたちがそこに座って、儂といろいろ話しながら食べておった。今はギルド職員が料理で気になったことを質問責(ぜ)めにしてきおる。

ロッツァの手伝いはルージュだけで事足(ことた)りるらしく、クリムは皿や椀を集めて儂のところへ持ってきてくれた。水洗いする時間が勿体ないから、料理の合間に《清浄》をかけておるんじゃ。

ひと休みするクリムに【無限収納】から出したカツサンドを渡すと、美味そうに齧る。商業ギルド職員がそれはどこにあるのかと探しておるが、今日は並べとらん。煮物、焼き物、炒め物が今日のメニューなんじゃよ。

クリムが戻る際、ロッツァとルージュの分のカツサンドを持たせた。

ルーチェは自分用に串焼きを焼いておった。アイテムボックスから丼飯を出して焼き鳥丼を作ったようじゃ。ささっとナスティのところに行き、ステーキも載せておる。ありゃ、豪華すぎるじゃろ。ナスティにもおすそ分けをしとるし、構わんが。

いや、さっき来たばかりの冒険者が凝視しとる。ごはんを皿に盛って、行儀よくナスティとルーチェの前に並びよった。

バイキングの初手でごはんは、量を食べられなくなるからオススメせんぞ？

ひと通り料理を食べた者は皆笑顔じゃった。水、湯、冷たい緑茶を好きに注いで寛いでおる。一時間もあれば、ひと息つく時間もあるじゃろ？　ひと休みしたらまた好きな料理を取りに行っとる。

ふらっと現れたクーハクートに気付いた数人が驚いておったが、それ以外は特に問題は起きとらん。

「気に入った料理を思う存分食べられるのが良い。絶対また来る」

と、笑顔を見せてくれる客が多かったわい。街の中心部の店だと、料理一皿で1000リルなんてこともザラなんじゃと。皆が1000リルじゃ安すぎると言うわけじゃな。まぁ、値段はこれ以上上げんぞ。子供でも来られる店にしたいからのぅ。

《 13 肉狩り 》

昨日の営業で予想以上にウルフ肉やラビ肉が出たから、今日は皆で狩りじゃ。

儂とナスティで冒険者ギルドに出向き、ラビとウルフの群棲地を教えてもらった。二人とも冒険者登録を勧められたが、丁重に断る。自分たちに必要な分を狩るだけで手いっぱいじゃよ。

一度家に戻って、教えてもらった森に皆で出掛ける。まずは先日入ってきた大門から出て、ロッツァに曳かれて一時間もすれば、適度に樹木が間引かれた森に着く。《索敵》にはこれといった反応が出とらん。

「ここにいるの?」

「みたいなんじゃが、普通のラビとウルフとは違うそうじゃ」

振り返るルーチェに、儂が答える。更なる説明はナスティがしてくれた。

「森の入口付近にいるのは普通のなんですけど〜、奥に生息しているウルフは草食で〜、ラビは樹液（じゅえき）を吸うんだそうですよ～」

「そのウルフとラビの肉は臭みが全然なくて美味いんじゃと。で、食べてみたくてのぅ」

「美味しいなら頑張る」

ルーチェは儂らの説明に目を輝かせ、拳を握っておった。

「森の奥は狭そうだ、我は普通のを狩ろう」

「それじゃルーチェとナスティが森の奥で、儂とロッツァが入口付近にしようか。【無限収納（インベントリ）】かアイテムボックスがないと十分に狩れん」

こくりと頷いたクリムがルーチェの隣に向かい、ルージュは儂の背に飛び乗った。

「はーい。頑張って美味しいお肉を集めるよ」

ルーチェたちに《堅牢（スタウト）》、《強健（ハーディ）》をかけてから、儂らは二班に分かれた。

森の入口付近には樹皮（じゅひ）を剥（は）がれた木々が点在しておった。角（つの）や爪をこすりつけた跡（あと）はなく、まるっと上のほうまで剥がれとるのはなんでじゃ？　鹿や猪（いのしし）が食べるなら下だけじゃろし……

ルージュを背負ったまま森の外をぶらつくと、カマキリ、クモ、ムカデ、ダンゴムシ、セミなどの見慣れた虫が、見慣れない大きさの魔物として群（む）れ単位で襲（おそ）ってきよる。《麻痺（パラライズ）》や《鈍足（スロウ）》をかけてやり過ごそうとしたんじゃが、目に見える効果が出ん。麻痺や毒を使う虫が多いから、抵抗力を持ってるんじゃろか？

それなら良い機会じゃ、《駆除(リドベスト)》を試そう。

思った通り効果は抜群じゃった。

ふとロッツァを見れば、その目の前には1メートルくらいのアリが群れておった。ロッツァが一匹を噛(か)み殺す間に、数匹のアリが背後や脇(わき)を固めとる。

「面倒だ」

ひと言洩らしたロッツァは、アリを一匹咥(くわ)えたまま、素早く地面と平行に回転する。振り回されたアリで周囲のアリを薙(な)ぎ倒しおった。

「酸(す)っぱいな」

咥えていたアリを吐き捨てたロッツァは、非常に渋(しぶ)い顔をしておる。

まだ辛(かろ)うじて息があったアリは、儂から飛び降りたルージュの爪に刻まれてしまった。

ルージュは爪に付いたアリの体液を嗅(か)いで、顰(しか)めっ面(つら)をしとる。

「ウルフがおらんのぅ」

森に立ち入って樹皮のない木に近付くと、ふいに枝がしなって儂の顔面(がんめん)へ迫(せま)った。左手で受け止めれば、今度は根が儂の足を突き刺さんと襲い来る。

「《石弾(ストーンバレット)》」

儂は、迫る根を踏(ふ)みつけ、魔法でつるつるの幹(みき)を貫いた。

「アサオ殿、大丈夫か？」

儂に顔を向けたロッツァは、カマキリらしき魔物を潰しておる。

「無傷じゃよ。これが野生のトレントか……サルスベリが魔物になったんかのぅ」

斃したトレントを見るが、儂には詳細が分からん。こんな時は《鑑定》じゃな。

鑑定結果には、樹皮がない理由が出ておった。バルクスライムとやらに食べられてしまったらしい。儂を襲ったトレントは、スライムの食べ残しだったようじゃ。ポニアあたりに紹介すれば、木材加工がしやすくなるんじゃないかのぅ。

しかし、スライムは従魔にできるのか？　ルーチェは魔族じゃから……

バルクスライムを見つけたくなった儂は、本命のウルフとラビを狩るついでに探すことにした。するとどうじゃ、今度はウルフとラビばかりが現れよる。ロッツァに轢かれ、ルージュに狩られるウルフたちを、儂は【無限収納】に仕舞っていく。儂が手出しする隙がまったくないんじゃよ。一時間も経てば、それぞれ三十匹ほど集まっとった。

森の中でつるつるトレントを探すと、なりかけが三本生えておった。幹の中ほどで茶色いスライムが動いておる。根本の樹皮がなくなっておるから、梢に向かって食べ進めておるようじゃ。

トレントは枝を振り、スライムに攻撃しとるが、まったく効いとらん。スライムを斃すには核を攻撃せんとダメじゃが、物理攻撃はほぼ効かんから、トレントにとって最悪の相手じゃろな。

儂が見守る間に天辺まで辿りついたバルクスライムが一匹、飛び降りてきよった。他の二匹はまだ食事中のようで、トレントに纏わりついておる。落ちてきたスライムを抱え上げても、鑑定しても、《索敵》の表示は危険を示す赤にならん。それどころか、味方を示す青色になりよった。

バルクスライムは茶色い半透明の身体の一部に、樹皮のような模様が出とるくらいじゃ。

「お前さん、儂の手伝いをしてくれんか？」

バルクスライムに話しかけるが、返事はない。代わりにスライムの表面が漣の如く揺れた後、儂の背中に回ってから頭によじ登りよる。以前ルーチェがスライムの姿だった頃にいた場所じゃや。

自分の特等席を奪われるかと思ったんじゃろか、ルージュが慌てて儂の背に飛び乗り、そこからスライムを見ておる。

一応、従魔の証になるよう、編み紐と指輪をスライムに渡すと、身体の中に入れたが、溶けておらん。

「鑑定した通り、樹皮以外は食べられんようじゃ。餌となる木を刈って持っていかんとならんな」

「アサオ殿、テッセイの村に戻るまでに刈った木ではダメなのか？」

ロッツァが、儂の頭におるバルクスライムを見てから儂を見て、そう言ってきた。

確かに、すっかり存在を忘れていた樹木が【無限収納】に眠っておった。ついでに木材ダンジョンで拾った腕輪も仕舞いっぱなしじゃったな。

《14　バルクスライム》

先ほどのバルクスライムは今も儂の頭に留まっておる。

店で使う分の肉を十分確保できたから、儂らの狩りは終わりでいいじゃろ。あとはルーチェたちと合流するだけじゃ。そのルーチェたちも腹を減らす頃じゃから、そろそろ森の入口に戻ってきとるじゃろ。

儂に負ぶさるルージュは、未だにスライムの様子を観察しとる。ルーチェはスライムの姿を見せんから珍しいのかもしれん。

二手に分かれた辺りへ戻ると、ルーチェたちは既に待っておった。

「じいじ、遅ーい。お腹空いたよー」

「おぉ、すまんな。今準備するから待っとくれ」

頬をリスのように膨らませ、ルーチェがぶーたれておる。クリムはナスティに魔法の手ほどきをしてもらっておるようじゃ。

儂がテーブルなどを【無限収納】から出していると、ロッツァは自分に《清浄》をかけておる。頭の上のスライムをロッツァに渡せば、ついでに《清浄》をかけてくれた。そのままスライムを任せ、儂は食事の支度じゃ。

鶏肉、タマネギ、卵に醤油と酒、あとは親子鍋を取り出す。金物屋に頼んだ品々は大満足の出来じゃった。同じ物をあと三個ずつ頼んでおいたので、そのうち完成するじゃろ。

タマネギと鶏肉を割下で煮込んでる間に白飯を丼によそい、良い具合に煮詰められた具材を卵でまとめた。丼に盛れば親子丼の完成となる。

玉子焼きも作って、漬物も添え、昼ごはんの出来上がりじゃ。

皆で揃って『いただきます』。

「で、じいじ、そのスライムは何？」

もりもり親子丼を食べていたルーチェが、ロッツァの頭で揺れるバルクスライムを指さす。このスライムは樹皮を主食にしとるから、儂の作った料理は食べん。

「樹皮を食べるバルクスライムじゃ。木材加工の手伝いを頼もうと思ったら懐かれてのぅ。登録以外の従魔にするやり方が分からんから連れてきたんじゃよ」

「私がいるのに、またスライムを仲間にするの？」

「ルーチェちゃんは魔族で～、このスライムは魔物だから～別物ですよ～。それにルーチェちゃんは～、アサオさんの孫って意識のほうが強いでしょ～？」

少し意地悪な物言いをしたルーチェに、ナスティがやんわり注意をしてくれた。

「うん……だけどなんかもやもやする」

親子丼を食べる手が止まり、しょんぼりしてしまったルーチェ。

「ルーチェが嫌なら、従魔にするのはやめよう」

「いいの？」

「家族が嫌がることをしたくないからのぅ」

儂を見上げるルーチェの頭を撫でると、目を細めて嬉しそうにしよる。

「ここでお別れじゃ。元気で暮らすんじゃぞ」

バルクスライムを抱えて森の入口まで歩き、藪（やぶ）の上に下ろす。スライムに手を振って、儂は皆のもとへ戻った。

しかし、藪の上でじっと動かなかったスライムは突然飛び降りると、儂を追い越してルーチェによじ登りおった。攻撃の意思は感じられんし、《索敵（レコナ）》も反応しとらん。しかし随分と素早く動けるんじゃな。

「……どうするルーチェ。どうやらお前さんにも懐いてしまったようじゃ」

これがスライムの本気なんじゃろか。

「捨てられないよね……もう！　私たちがお姉さんだからね！」

ルーチェは胸と肘（ひじ）を張り、頭の上のスライムに宣言する。言われたことの意味が分かったのか、スライムはルーチェの頭の上で飛び跳ねておる。

「でしたら～、その子は私の従魔にしましょうか～。まだ若いルーチェちゃんよりは信用がありますからね～」

「お願いします」

ぺこりと下がったルーチェの頭で跳ねとったスライムが、器用にナスティへ飛び移りよる。一切話さんし、表情もないが、感情表現豊かなスライムじゃ。

食後の休みも終えた儂は、クリムとルージュを連れて山菜、野草を採る為にまた森へ踏み入る。その間、ナスティとルーチェはスライムに躾をするんじゃと。ロッツァはその周囲で警戒してるそうじゃ。一応スライムの餌として、以前ロッツァが折った木と根っこを【無限収納】から出しておいた。

儂が山菜を採る際に、虫型の魔物が数匹寄ってきたが、クリムに殴られ斃されておった。ルージュは儂の背から飛び降りると、地面を掘って普通の蜂が作った巣を掘り出しよる。蜂に攻撃されとっても、ルージュはまったく気にしとらん。毛皮を超えて怪我させることは、ただの蜂にはできないみたいじゃ。

とはいえさすがに鬱陶しいようで、ルージュが腕を振る度、バチバチ音を立てて蜂が地面に叩きつけられておる。

クリムも蜂の巣を食べたいんじゃろ、ルージュのそばで手助けを始め、二匹で巣を壊しながら食べておる。甘い香りが、少し離れた儂にまで届いてきたわい。

念の為、二匹には《堅牢》をかけてあるが、必要なさそうじゃ。

山菜集めを終え、皆のところへ戻る頃には、クリムとルージュの前足と口の周りは蜂蜜でべとべとになっておった。そのまま儂の胸と背に飛びかかろうとしたので、慌てて《清浄》をかけたんじゃが一足遅く、儂まで蜂蜜まみれになってしまった。儂にも《清浄》をしたが、甘い匂いは取れんかった。前後を挟む二匹の口からも匂いが漂ってきよる。

甘い匂いを撒きちらしておったので、途中で虫の魔物たちに襲われまくった。絶えず《駆除》を唱えながらの帰り道になってしまったわい。

戻ったら戻ったで、こっそり蜂蜜を食べたとバレて、ルーチェとナスティから『ズルい』と連呼されてしまったぞ。帰宅してから甘味を出すということでその場は収めてもらえた。

バルクスライムの躾はほぼ終わったそうで、木と根っこの樹皮が剥かれておった。

それと、根っこの隣には色違いの小さなブロック材があった。家族の名前を教えながら木を食べさせていたら、バルクスライムが作ったんじゃと。樹皮を食べる時に一緒に取り込んでしまったおが屑と土を、それぞれ固めて吐き出したらこんな形になっとったと、ナスティから教えられた。

何かに使えそうじゃから、木材と一緒にまた【無限収納】へ仕舞っておいた。

家に帰る途中で商業ギルドに寄ってナスティの従魔として登録したので、バルクスライムは晴れて家族の一員じゃ。ナスティにバルバルと名付けられとる。スライム種は、何かしら目印を身に付けさせるだけで良いそうじゃから、身体の中に入っとる儂が与えた編み紐と指輪をそうすることにした。食べてしまわんように言い聞かせてあるので、大丈夫じゃろ。

《 15　果実はいかが？ 》

何度か営業して好評を博しとるバイキングは店休日。今日は八百屋さんに足を運んでおる。先日、紹介したい店があると言われたんじゃ。朝ごはんと一服を済ませて家を出た儂は、のんびり通りを歩いていく。

「おはようさん。野菜の仕入れと店の紹介をしてもらいに来たぞい」

「あぁ、おはよう。今また野菜を採りに行ってるから少し待って」

軒先から挨拶すれば、店主の嬢ちゃんが元気良く飛び出してくる。短いながらも綺麗に整えられた頭髪が、そよ風に揺れておる。

「急ぐことないから、慌てんでも大丈夫じゃよ」

「ありがと。父さんと一緒に行ってもらえば、教える店でも話が早いからね。良かったら話を聞いてあげて。仕入れまでしてくれたら、きっと喜ぶから」

儂と話す間も、客が野菜を買っていく。客の相手をしながら、儂の話し相手もするとは、能力が高いのぅ。ちらちら儂の顔を見ていく者もおるが、あれはなんじゃろ……儂の顔に何か付いとるか？

鞄から手鏡を取り出して確認するが、おかしなものは何も付いておらん。髭もいつも通りじゃし、鼻毛も出とらん。

「噂の店の主がどうしてこんなところにいるんだろう？　って、アサオさんの顔を見たんだと思うよ」

手鏡とにらめっこする儂に、店主の嬢ちゃんが笑いながら教えてくれた。

「おぉ、いらっしゃい。待たせたか？　今日も結構な量の規格外品が出てたよ」

背後から聞こえた声に振り向けば、儂より年若く、がっしりした体躯で背の低い親父さんがおった。背負った籠からは、ネギが幾本も見えておる。

「料理にしてしまえば、形が歪だろうと関係ないからのぅ。安くしてくれとるから、ありがたいんじゃよ」

親父さんは申し訳なさそうな顔をしながら店用と、儂用に仕分けをしとる。

「仕分けは私がやるから、父さんはアサオさんを案内してよ」

嬢ちゃんに追い出されるように、儂と親父さんは八百屋を出ていく。気の強い娘には敵わんな。

親父さんに紹介されたのは、二軒の八百屋と一軒の果実店じゃった。

八百屋二軒は、野菜を無駄にすることなく料理に使ってくれるなら、是非規格外品を卸したいと言ってくれたんじゃと。嬉しいことじゃ。

果実店のほうは、珍しい果実を仕入れたので買い手の相談をされとったらしい。見せてもらった果実は、見た目も大きさも儂の知るイチジクとザクロそのものじゃった。こっちに来てから初めて目にしたのぅ。

懇意にしとる果樹園が、苗木から育ててやっと今季実が生ったそうじゃ。なのでまだ果実の数はあまりないんじゃと。それでもミカン箱より大きな木箱に五箱ずつ買わせてもらった。

果樹園の手間と希少性を鑑みて、そこそこ値が張っておる。珍しい物好きな貴族に売れると思うので、クーハクートを紹介しておいた。

果実店の店主も儂の店に来てくれたらしく、ちなみにとこの果実の料理法を聞かれたが、儂もあまり知らん。生で食べるか、ゼリー寄せかのぅ。あとは砂糖で煮てからケーキに使うくらいか……

ゆっくり茶を飲みながら、他愛もない会話を楽しんだので、時間は既に昼を越えておる。

親父さんの八百屋に戻ると、遅くなったことを少しばかり嬢ちゃんに怒られたが、野菜を仕入れたからかすぐに親父さん共々解放された。他の店からも買う手筈になったことを伝えたのも、大目に見てくれた理由かもしれん。

久しぶりに手に入った果実が嬉しかった儂は、帰るとそのまま台所に向かってしまったわい。流しに置かれた食器を見る限り、皆の昼ごはんは儂の置いていった料理で済ませたようじゃな。ちゃちゃっと洗い物をして、オーブンの予熱を始めたら調理開始じゃ。

ザクロは実を解して、小鍋で砂糖と混ぜてジャムにしようかのぅ。いや、種が邪魔になるから、ザルで濾してシロップじゃな。

イチジクをコンポートに仕立てて、粗熱をとる。その間に小麦粉、卵などをさっくり混ぜて生地の準備じゃ。パウンド型に生地とコンポートを入れて、予熱したオーブンで焼けば完成じゃよ。他にも先日作ったオレンジやレモンのピール、クルミなどの木の実を使って同じように焼いておる。

パウンド型はイスリールからもらった調理器具じゃが、これも金物屋に頼んでみるか。あとシフォン型も欲しいのぅ。難しいかもしれんが、相談するのはいいじゃろ。

儂がケーキを焼く甘い香りに誘われたのか、ルーチェとナスティが台所を覗いておった。ルーチェと遊んでおった近所の子らも、親御さんと一緒に覗いておる。

「出来上がったらおやつにしようかの」

にこりと皆に微笑めば歓声が上がりよる。

ほどなく焼き上がったパウンドケーキを切る儂の手元に、再度皆の視線が集まった。パウンドケーキを大皿に盛ると、ルーチェが率先してお手伝いをしてくれた。

ルーチェがそれを運んでいる間に、儂はザクロシロップを氷水と混ぜてジュースに仕立てる。他の果実水と同様、これも水差しに入れてあるから、各々欲しい分だけ注ぐ感じじゃ。

皆でおやつにしていたら、ルージュがクリムを連れて帰ってきた。ロッツァはまだ砂浜で日向ぼっこをしておる。

パウンドケーキは瞬く間に食べきられた。

目を輝かせてるご近所さんは、甘味目当てのバイキングの常連さんじゃからな……これだけ好評だと、店でも食べられるようにせんと怒られそうじゃ。ただ、イチジクのパウンドケーキは店で並べるには材料が足りんのぅ。ピールのケーキと木の実のケーキを多めに並べるか。

市場で乾燥イチジクがないか探してみるかの。果実店にまた顔を出して、果樹園に直接頼むのも手じゃな。とりあえず入手経路を確保して、それから店で出せるか検討じゃ。

《 16　麦茶 》

先日紹介された八百屋から仕入れた野菜を使った料理が、大層評判になっとる。今日来てくれた客は、野菜が美味いと絶賛しておった。勿論、肉も魚も食べとるんじゃが……この街も普段はサラダや煮込み、焼き物の付け合せまで、どれもこれも塩味ばかりじゃからな。素材が良いから塩味だけで十分と言っても、毎度毎度同じ味だと飽きてくる。そこに儂の作るダシを基本に据えた醤油、味噌の味は、受け入れられたんじゃろな。

八百屋の親父さんが何人か連れて店に顔を出してくれた。また新たな八百屋と農家みたいじゃ。どちらも余った野菜を加工して保存に回しとるらしいんじゃが、あまりに溜まりすぎたんじゃと。捨てるのは勿体ないからと親父さんに相談したら、儂に卸すことを勧められたそうじゃ。

実際に儂の調理を見て料理を食べてから決めたいと、わざわざ足を運んでくれたんじゃな。親父さんは『店に来る名目が出来た』と、喜んで受けたと儂に漏らしておる。

それぞれ並んでいる料理の数々を見て食べて納得してくれたらしく、新たな仕入れ先が増えていきよった。

自分も負けてられないとベタクラウが意気込んでおったが、漁師から個人的に仕入れてはおらんから関係ないじゃろ。

ズッパズィートはカナ＝ナとカナ＝ワを連れて、何度か店を訪れてくれとる。そろそろ雇う手筈を取ろうかのぅ。

そのズッパズィートは『自分には紹介する先がない』と残念がっておった。新たな仕入れ先を紹介されること自体は吝かではないが、儂は紹介合戦は望んでおらんぞ？

その後も冒険者や漁師、商人とたくさんの来客があった。一部の冒険者が、魔物の肉や素材で支払おうとしおったので、丁重に断った。店も料理も逃げんからと説得して、冒険者ギルドに向かわせたわい。少しの手間を惜しんだ結果、いろんなところから睨まれるのは、誰にとってもよろしくないからのぅ。

店での食事を終えて帰ったはずの農家さんが一人、息子さんを連れて戻ってきよった。二人とも大きな麻袋を肩に担いでおる。大豊作の大麦を挨拶代わりに持ってきたんじゃと。ビールにする分の大麦らしいが、あまりに大豊作で全部を買ってもらえなかったそうじゃ。作れば作っただけビールにしていたら値崩れを起こすからららしい。かといって飼料にするのも限度があるからのぅ。聞くところによると、麦飯や麦粥は普段食べんそうじゃ。

「是非何かに使ってくれ」

農家の親子は大麦を置いたら、にかっと笑って帰っていきよった。

麻袋を開けて大麦を確認していた儂の隣に、少しだけ手の空いたルーチェが来て問うてくる。

「これを粉にするの？」

「大麦は粉にしても美味しくないんじゃよ」

「でももらったってことは、何か作るんでしょ？」

ルーチェは小首を傾げながらも、期待を込めた瞳を儂に向けておる。

「料理の合間にやってみるかのぅ」

儂が頭を撫でてやると、ルーチェは焼き台へ戻っていった。

儂の作る料理はまだ十分に残っておる。減ってるものもまだ鍋やフライパンに余っとるから、やるなら今じゃな。

「脱穀(だっこく)は済んどるな……あとは煎ればいいんじゃったか？」

手のひらにとった大麦は、少しばかりゴミが入っておった。

大麦を軽く水洗いしてからざるにあげ、《乾燥(シーズン)》で水気(みずけ)を飛ばす。小さな片手鍋で乾煎りして、焦げ茶色になるまで鍋を振り続ける。煎りが甘いと香りが弱いから、頑張らんとな。煎った大麦は、綺麗な布に重(かさ)ならんよう広げて冷ます。冷めたものは木筒に入れてから【無限収納(インベントリ)】へ仕舞えば、湿気(しけ)ることもなくて安心じゃよ。

さて、麦茶を作るにも薬缶(やかん)は持っておらん……鍋で煮出すか。煎り麦を片手鍋に入れ、数分煮立てれば麦茶の完成じゃ。客に供(きょう)する前にまずは身内で味見じゃな。

麦茶をざるで濾し、水差しへ移す。そのまま湯呑(ゆの)みに注いで温かい麦茶を二杯、もう二杯は砕(くだ)いた《氷針(アイスニードル)》の入ったグラスに注ぐ。焼き台で待つルーチェ、鉄板の前に立つナスティに渡すと、二人は冷たい麦茶に口を付けた。

「焦げてる？」

「なんか面白い味ですね～」

香りを確認してから、ひと口飲む二人。その後は一気にあおりよった。温かい麦茶も試してくれたが、ふた口ほど飲んだ後、空(あ)いたグラスに移しておった。二人には冷たい麦茶が好評のようじゃ。

焼き魚を任せたロッツァ、クリム、ルージュにも麦茶を運べば、手渡した途端に冷たいグラスを傾けて空にしよる。ロッツァはあおれんから深めの大皿に入れたが、器用に飲み干しておった。

ロッツァの大皿に温かい麦茶を注ぐと、少しずつ飲んでいく。クリムとルージュは、前足で湯呑みを挟んで舌で舐めとる。

儂らが飲む姿を見ていた商業ギルドの職員さんが、無言で木のコップを差し出してきよった。氷と一緒に注げば、ぺこりとお辞儀をしてから自分の席へと戻っていく。

するとその様子を見ていた子供も、次々儂の前に並ぶ。持っとる湯呑みに温かい麦茶を注いだら、笑顔でお礼を口にしてから家族の待つテーブルへ帰っていった。

その後も続々と並ばれてしまったので、儂は麦茶入りの水差しを次々並べることになった。

麦茶は不思議な香りの飲み物として、妙な人気を博したのじゃった。

《 17　冷たい肉料理 》

ここ最近のバイキングでは、曜日限定メニューと時間限定メニューを試しておる。儂の作りたいものを作っとるだけだと、どうしてもメニューが偏るんじゃよ。それで試験的に、魚を主力にする日や、野菜に焦点を当てる日を決めたんじゃ。それで今日は肉の日になっとる。

カタシオラ……いや、この国では、干し肉以外は熱々のうちに食べるもの。そんな考えが普通じゃったらしい。儂の作る冷しゃぶサラダは目新しいようで、予想以上の人気が出とる。野菜も一緒に食べられると、皆もりもり食べてくれとるわい。醤油と柑橘系の果汁で作ったポン酢が、さっぱりさせとるのも一因じゃろう。梅干しがあるともっと美味しくなるぞ。ヴァンの村で仕込んだ梅はそろそろ良い頃合いだと思うが、まだ完成しとらん。

冷たい肉料理では、牛肉のタタキも好評価を得とる。塊肉を周りが焦げるくらいフライパンで焼いたら、蓋をしてそのまま放置するだけじゃ。本当はアルミ箔で包みたいが、ないからのぅ。火から下ろしてゆっくり冷ますだけで、肉汁が逃げんし、美味しいタタキになってくれる。ステーキソースで食べてもいいし、ポン酢でもイケる。カラシを少し付ければ刺激も感じられて、大人も満足じゃ。

温かい肉メニューではローストビーフが人気じゃな。これは週に一度しか出しておらんが、かなりの好評を博しておる。表面をしっかり焼いた後オーブンでじっくり火を通すから、牛肉がしっとりジューシーになっとるんじゃ。

ステーキはナスティの焼き加減が絶妙じゃから言わずもがな。ルーチェの焼き鳥も、なかなかの本数が出とる。手軽に摘まめてウチでしか食べられんタレ味……そりゃ売れるに決まっとるか。

そして今日から、近所の奥さんたちを雇うことにしたんじゃ。常連客じゃから流れは分かっとるし、仕事ぶりは心配しとらん。お金のやり取りと空いた皿の回収を任せ、儂らは料理に専念できて大助かりじゃよ。

少し手持ち無沙汰にしとったから料理を並べるのも頼んだら、喜んで引き受けてくれたわい。店の営業が一日置きだから、奥さんたちも働きやすいと言ってくれておる。

数人に声をかけたら、皆働きたいと言った。子供や家の都合で休むこともあるし、働き詰めだときついじゃろ？　頭数がいれば余計な気を張ることもない。

皆の口ぶりからすると、まだまだ人数が増えそうじゃ。昼前の三時間、昼から三時間、夕方までの三時間と三交代で働いてもらうのも一手かもしれん。

客で来たカナ＝ナとカナ＝ワが期待に満ちた目を儂に向けるので、明後日の営業から来てもらうことにした。二人は笑顔で食事をしとる。わたあめを始めると分かったルーチェも笑顔じゃった。

カナ＝ナたちの時間賃金は１２００リルになっとる。これは奥さんたちも同じじゃ。街中の店の給仕さんを参考にしたんじゃよ。

忙しさ具合が分からんのでとりあえず同じにしたんじゃが、休憩時間に賄いも付いておるから、かなり好待遇になるそうじゃ。

あとは店員だとひと目で分かる服装か……揃いのエプロンか帽子が無難かのぅ。服装の流行り廃りが儂にはさっぱりでな……ナスティと奥さんたちにお任せした。わいわい話し合っておるうちに、明日買い出しへ行くことが決まったそうじゃ。

目印といえば、ついさっきこんなことがあってな。

「肉の日と分かるように看板を出してほしい」

と髪の短い女性冒険者が儂に頼み込んできた。同じ卓で食事をしていた冒険者たちも頷いておる。他には何が欲しいか聞いたら、

「できれば並んでいる料理の材料も知りたい」

と声を揃えとる。どれを食べても美味しいけど、何が使われているか分かると選びやすいんじゃと。

文字だと子供が読めんかもしれん……ここはかるたを使うか。かるたの紹介も兼ねて一石二鳥じゃろ。

ついでに甘味の日も欲しいそうじゃ。とはいえ甘味だけを並べるわけにもいかん。これは甘味の品揃えを強化するくらいが妥当じゃな。カナ＝ナたちの勤務初日に当てても大丈夫かのぅ……

ふと隣を見れば、いつの間にかいたルーチェが満面の笑みで儂を見上げておる。ルーチェの向こうに立つ奥さんたちも笑顔じゃ。

「甘いもの多めにしようね、じいじ。でもお肉も魚も食べたいなぁ……」

ルーチェが儂に希望の弁を述べると、冒険者たちの目が輝いておった。看板を望んでいた女性冒険者も、儂を拝んでおる。

「状況次第じゃが、明後日の営業は甘味の日にしよ――」

「やったー！」

儂の言葉が終わる前にルーチェは飛び跳ねとった。冒険者たちは拳を振り上げて騒いでおる。奥さんたちは小さくガッツポーズをして、喜んでるようじゃ。

鉄板の前に立つナスティを見れば、ルーチェに一本立てた親指を見せておった。器用なもので、ステーキを焼きつつ、ロッツァからもらった焼き魚を齧っておる。

どうやら儂は上手いこと転がされたみたいじゃ。

思わず苦笑してしまった儂の頭に、バルクスライムが乗ってきた。食事用に短い丸太を抱えとる。

肉の日のバイキング・アサオは、店じまいまで盛況じゃった。

《 18　甘味盛りだくさん 》

「「おはようございまーす」」

女の子の元気な声が、よく響いておる。儂らはまだ朝ごはんの真っ只中なんじゃが……

声の主は、待ちきれん様子で髪をぴょこぴょこ跳ねさせながら庭から入ってきおった。

「おはようさん。店の時間にはまだ早いぞ？　カナ＝ナとカナ＝ワは朝ごはんを食べたのか？」

カナ＝ワが小さく、カナ＝ナはぶんぶんと首を横に振っておる。

「まだだけど、早く来たかったから来ちゃった！」

庭を見てもズッパズィートはおらん。二人だけで来てしまったんじゃな。

「朝ごはんをしっかり食べんと倒れてしまうのぅ……そうじゃ、二人も一緒に食べるといい」

「いいの？」

「皆で食べたほうが、ごはんは美味しいよー」

カナ＝ナの呟きに、軟らかな玉子焼きを頬張るルーチェが答えておった。

この場を任せた儂は、台所に場所を移す。ちゃちゃっと玉子焼きを作り、味噌汁とごはんをよそい、漬物と佃煮を小皿に載せ、二人分の朝食を持ってくる。

「腹ごしらえを済ませたら、今日やることを教えるからな。なかなか忙しいが、できるかの？」

「やるよ！」

「……頑張ります」

漬物を齧るカナ＝ナは威勢よく啖呵を切り、佃煮を口に含んだカナ＝ワは小さな声ながらもしっかりと答えた。二人とも箸を使えんかったが、綺麗に残さず朝ごはんをぺろりと食べてくれた。

皆の食事も終わり、食後の一服をしながら今日やることを大まかに伝える。カナ＝ナとカナ＝ワがわたあめを担当して、その補佐というか監督をナスティがする以外は、目新しいことはないんじゃがな。ルーチェは焼き鳥、ロッツァは焼き魚を担当じゃ。クリムとルージュは……わたあめをやりたいんじゃろな。カナ＝ナとカナ＝ワのそばを離れん。カナ＝ナたちが魔法を使ってわたあめを作るから、用具の竿を持つ者が必要なのは確かじゃし、任せてみるかのぅ。

「ロッツァは一人でも大丈夫か？」

「問題ない」

頷くロッツァは、静かに焼き場へ移動していった。

「ルーチェも甘味を一点頼むぞ」

「はーい」

手を挙げたルーチェには、焼き鳥を焼く合間にべっこう飴作りを頼んである。マシュマロがあれば焼きマシュマロを頼んだんじゃが、儂は作り方を知らんし、街でも売っておらん。

開店早々に、席が全部埋まってしまいおった。少しだけ食事をした後は、ほぼ皆が甘味を手に取って相好を崩しておる。数人だけ惣菜を食べ続けており、混雑しないで食べられると喜んどるみたいじゃ。今日はゆっくり料理を選んで、気に入ったものをたらふく食べられて、ありがたいらしい。ステーキの代わりに出した煮込みも好評を得ておる。

カナ＝ナたちの作るわたあめは老若男女問わず、人気になっておった。問題といえば、少しばかり時間がかかるので、待ち時間があることぐらいかのぅ。それでも他の甘味を食べて待っとってくれとるから大丈夫みたいじゃ。小さい子を優先させるくらいの余裕を皆が持ってくれとるのも大きいわい。

普段は許しておらん持ち帰りも、菓子類だけ限定で特別に許可しておる。なのでルーチェの作るべっこう飴はお土産として大人気じゃよ。あとはかりんとうとポテチも持ち帰りが多いぞ。数の少ないパウンドケーキや、持ち帰りしにくいゼリーなども希望されたが、断った。

「じいちゃん、少し休んでいい？　お腹すいた」

「……私も……です」

カナ＝ナもカナ＝ワも疲れとるようじゃが、誰かの役に立っていると実感できて笑顔を見せとる。

「MP（マジックポイント）も減っとるし、休憩にしよう。その間は儂がここを見るぞ」

昼ごはんに好きなものを食べてもらう為に、儂は二人へ取り皿を渡す。ズッパズィートがさっき来とったから、二人の現状を確認できるじゃろ。

ナスティは昼限定でステーキをやるらしく、鉄板へ向かいよる。カナ＝ナたちを見ていただけなので疲れとらんそうじゃ。何より自分で食べたいんじゃと。

ルーチェが指を三本立ててナスティにステーキを注文しとる。甘味を食べていた冒険者も鉄板の前に綺麗に整列して、静かに順番を待っておるな。

儂の受け持ったわたあめには、子供に順番を譲っていた大人たちが並んだ。手渡された枝を片手に、期待に満ちた目で儂を見とるのぅ。作る番が巡ってくれば子供よりも嬉しそうに笑っとる。はしゃぎながら作り、皆で寸評（すんぴょう）をし、笑いながら食べ、と実に楽しんでおるわい。

そうこうするうちに並ぶ者が途切（とぎ）れたので、一度わたあめは休止じゃ。儂はまた惣菜をじゃんじゃん補充（ほじゅう）して、ナスティがステーキを焼きまくる。ロッツァはクリムとルージュと一緒に昼休憩を取っておる。ルーチェは、丼を食べながら焼き鳥を作ってくれとる。ぱっと見たところ、豚、鶏、牛の各種焼肉丼になっとった。

肉ばかりだと栄養が偏るのぅ……ルーチェたちの分と一緒に作った根菜味噌汁を並べたら、あっという間に売り切れてしまった。一緒に出したポトフもマリネ風にした焼き野菜も好評じゃな。甘味の口直しに塩味を求めたんじゃろか？

夕方まで甘味の香りが漂ったバイキング・アサオは、皆が笑顔のまま営業を終えた。気の早い客が次回の甘味の日を気にしておったが、しばらくは開催せんよ。

「わたあめは週に一回くらいかのぅ……」

わたあめの機材を片付けていたカナ＝ナとカナ＝ワが、儂の呟きに悲しそうな顔を見せよる。

「魔法の練習をしながら〜、誰かの役に立って〜、お金を稼げる〜。二人には最高の職場ですよね〜」

ナスティが理由を指折り数えて教えてくれた。カナ＝ナたちがルーチェの後ろで激しく頷いておる。

「アサオ様の負担にならなければ、また二人をお願いします」

思わぬ助け舟に、カナ＝ナがズッパズィートを拝み、カナ＝ワは儂に手を合わせとる。

「……冒険者ギルドが最優先じゃぞ？　それ以外はウチで働いて――」

「「はい！」」

儂が話し終わる前に、二人は元気な返事をしよった。普段は笑顔を見せないズッパズィートが微笑み、ナスティはいつもの優しい顔をしとる。ルーチェとロッツァも頷く。クリムとルージュは、飛び跳ねて喜ぶカナ＝ナとカナ＝ワに抱えられておった。

《 19 人材育成は大変じゃ 》

特別メニューもない通常営業を終えて、店じまいをしていたところに、一人の若者が儂を訪ねてきおった。誰かと思えば、儂がちょこちょこ調理器具作りを頼んでいた金物屋の弟子らしい。

「親方によろしくッス」

伝言を済ませた兄ちゃんは、そんな軽い感じの〆の挨拶を済ませるとすたすた歩いていってしまった。何が仕上がったなどの詳細はなく、とりあえず出来上がったと伝えられただけじゃ。〆の挨拶も分からん。儂が親方さんの何をよろしくするんじゃ？　少しばかり……いや、かなり足りん……

一夜明けて店休日の今日、儂は一人で調理器具を引き取りに向かっておる。お土産だけ頼まれとるが、さてさて何が出来たかのぅ。

金物屋に着いて奥を覗けば、親方が一人で渋い顔をしておった。昨日の兄ちゃんはおらん。

「伝言を聞いて来たぞ。何が出来上がったんじゃ？」

「あぁ、あんたか。この金型は出来たぞ。あと底まで丸いフライパンもだ」

儂の声でやっと気付いた親方は、渋い顔のまま金型と中華鍋を台に並べていく。どことなく元気がないのぅ。

「何かあったか？」

「……若い奴への指導は何が正解なんだろうな……」

目に生気が感じられんぞ。

「それは儂も分からん。懇切丁寧に教えたら『細かくて五月蠅い』と文句を言われるし、語らず見て覚えさせようとしたら『何も教えてくれない』と怒り出すんじゃよ。褒めれば天狗になる。叱ればやる気を失くす……弟子の性格にも因るから難しいのぅ」

「だよな。俺は怒鳴られ、貶されても『なにくそ！』って奮い立ったもん」

親方は師匠に言われたことを思い出しているようで、右の拳を握りしめとる。目は瞑っておるが、先ほどまでの力ない親方ではないぞ。

「適当な仕事をしていたから『真面目にやらねぇなら辞めちまえ！』って昨夜言ったら、今日は来ねえんだよ。客には失礼だし、自分だって怪我しちまう。万が一で死ぬことだってあるんだぜ？」

「そうじゃな。ただ、その真意は伝えたか？」

儂の指摘に顔を顰めた親方は、慌てて口を開く。

「いや、分かる――」

「言葉にせんでも分かるなんてことは、ほぼないんじゃよ」

親方の言葉を遮って、儂が語れば、唖然としておる。儂は婆さんに何度も何度も口酸っぱく言われたんじゃ。長年連れ添ったとて、口にしてくれないと分からんとな。

「察してくれは、教える側の傲慢じゃ」

何かを言おうと口を開くが、結局閉じてしまう親方。

「儂は何と言われようとも、細かく伝えるように心がけたんじゃよ。真意が曲がって伝わるほうが嫌じゃからな。それこそカミさんに接するように、細心の注意を払ったぞ？」

右の眉を上げ、少しだけ茶化して話せば、分かってくれたのか親方も笑ってくれた。苦笑いじゃがな。

「カミさんを相手にするようにか……怖いな」

ぶるぶる震える親方さん。奥方は、一体どんな暴君なんじゃ？　単なる恐妻家ではないじゃろ、これ。

儂らが笑い合っていると、一人の若者が金物屋に入ってきた。

「親方、すんませんした！　親父にぶん殴られて分かったッス」

勢いよく頭を下げた若者が顔を上げると、右頬が真っ赤に腫れておった。そしてにかっと笑ってから、また頭を下げる。この昨日の兄ちゃんが、件の弟子なんじゃな。素直に謝罪して、再度教えを乞おうとしとる。

「馬鹿息子がすまねぇな。何とかもう一度教えてやってくれ！」

農夫の格好をした男が若者の後ろに立ち、一緒に頭を下げとる。農夫の顔をよくよく見れば、知った顔じゃった。

「ん？　大麦の農家さんか？」

「あ？　アサオさんじゃねぇか。どうしてここに……いや、そんなことより、親方、頼む！」

一瞬、素に戻ったが、親方に頼み込むほうを優先したようじゃ。この間も若者は頭を下げ続けておる。

「俺も言葉が足りなかった。今、それをアサオさんに教えられたんだよ。俺もまだまだ修行が足りんな……満足に弟子を育てることもできなかった。また一から出直すぞ」

「はい！　自分のやったことのダメさを、親父に教えられましたッス。未熟な自分でも作った物に責任持つッス」

にかっと笑う兄ちゃんは、右頬だけでなく、左頬も薄ら赤くなっておる。

「《治癒》」

痛々しい両頬に思わず回復魔法をかけてしまったわい。

「「え？」」

魔法をかけられた本人でなく、親方と農夫の親父さんが驚いておる。

「いや、痛そうでな……ダメじゃったか？」

「ありがとうッス！　痛みが消えても、今回のことは忘れねぇッス！」

兄ちゃんから礼を述べられ、握手までされた。ぎゅっと握られた手のひらには熱が残りおる。

「アサオさん、あんた何者だ？　料理人じゃねぇのか？」

親父さんが驚いた顔のまま聞いてくる。

「儂は少しばかり魔法が得意な商人じゃよ」

「「いやいやいやいや」」

親方と親父さんは納得せず否定しとるが、兄ちゃんは笑っとる。

「自分の頬を治してくれた恩人に変わりないッス！」

「……それもそうか。珍しい物を頼んでくる俺の客だ」

「だな。うちの野菜を買う腕の良いお得意様だ」

兄ちゃんの言葉に皆が笑って、頷いてくれた。

《 20 借り物タイガー 》

カナ＝ナとカナ＝ワの指導を終えて、手の空いた午後に、ルーチェと二人で街を散歩していた時じゃった。

大通りを歩いていたら、目の前から大きな檻を曳く四頭の馬がゆっくり近付いてくる。風格を漂わせる冒険者らしき者たちに先導された馬は、通りの真ん中を二列で進んどる。儂らのような通行人は自ずと端に寄っておる。

檻の中にはくすんだ白色の毛をした虎が入れられておった。全長は、3メートルを優に超える大きさじゃ。檻自体に何か魔法をかけてあるようで、大人しく横になっとる。

「真っ白だよ。あれなに？」

ルーチェと同じくらいの背丈の子が虎を指さし、母親に問うている。ん？　真っ白？くすんでおらんか？

「のぅ、ルーチェ。あの虎の色は何色じゃ？」

「汚い白」

儂が小声で質問したので、ルーチェも小さな声で返すが、即答じゃった。

「白い毛色は聖なる獣の証なのよ。滅多に会えない貴重な存在だから拝んでおこうか？」

「うん！」

母親の言葉を鵜呑みにした子供は、虎に手を合わせておる。ふと周りを見れば、皆同じように拝んでおった。

「《鑑定》」

「あ、じいじが調べてる」

虎だけでなく檻まで鑑定できてしまった。檻には《虚弱》と《結界》がかかっており、強い魔物も封じ込める仕様になっとる。外からも中からも攻撃を通さんようじゃ。

そして本命の虎の説明には『借り物タイガー』と書かれておる。

――聖獣と非常に似た白い毛色をした虎の魔物。誤認させる魔法を常に纏い、聖獣に扮する。擬態した聖獣として労せず餌を得る知恵とずる賢さを持つが、魔物としての戦闘力を失った。牙や爪はハリボテに近い。多種言語を理解し、口だけは非常に達者――

虎の威を借る狐でなく、虎が威を借りるのか……面白いのぅ。

『あ⁉　何見てんねん……噛み殺すぞ！』

寝ていたと思った借り物タイガーがふいに目を開け、鑑定していた儂をおかしな訛りで恫喝してきよった。しかも《沈黙》が効かない念話を使っておる。

『聖獣サマに何て目を向けとるんじゃ、ワレ！』

イキった馬鹿者にしか思えんな。それか図体のデカい猫じゃろ、これ。

ルーチェの目が据わり、檻の中におるタイガーを睨んどる。それだけでなく、若干殺気も漏れとるぞ。

「なんかじいじを馬鹿にしてる気がする」

四頭の馬はタイガーを気にせず檻を曳いておったのに、ルーチェから漏れた殺気を感じて、ぴたりと足を止めてしまいよる。暴れ出さないのは訓練されとるからかもしれん。

『なんや？　ガキはすっこんどれ！』

浴びせられる殺気と睨みに腰が引けておるが、タイガーはなんとか凄む。

『弱い魔物ほど吠えるのぅ。お前さんが何処に行って、何をしようと構わん。ステータスの低さも偽物であることもバラさんから安心せぇ。じゃから儂らに噛みつくな』

『やんのかこら‼』

穏やかに念話したんじゃが、聞く耳持たんらしい。ただでさえ通りで立ち往生してしまった馬に手を焼いとった冒険者たちが、突然立ち上がったタイガーに驚いて腰を抜かしてしまった。馬はどれも止まっただけで、タイガーを気にかけてはおらん。それよりルーチェの殺気が怖いのか……

『まぁ、バレないよう気を付けるんじゃぞ』

そう言い残し、ルーチェの頭を撫でてこの場を離れようとした儂を、タイガーが挑発してきよる。

『口だけなのはどっちやねん！　逃げるんか？　お？　逃げるんか？』

儂とルーチェに念話を送ったようじゃ。儂の手から逃れたルーチェが、檻のすぐ手前まで駆けておった。

「じいじを馬鹿にするの止めなね」

にこりと微笑んでタイガーを見上げるルーチェの目は、全く笑っておらん。威圧されたタイガーは尻尾を丸め、足をがくがく震えさせておる。

今回は殺気の標的をタイガーに限定したらしく、馬は一切動じとらん。冒険者も急に近付いたルーチェを窘めるのみじゃった。

用事は済んだとばかりに儂のそばへ戻ったルーチェは、再度儂の手を頭に載せおる。また撫でろということなんじゃろ。つい数秒前まで殺気を垂れ流しておった子とは思えんくらい、満面の笑みを浮かべとった。

「……アサオ様？」

出店で買い物をしていたら声をかけられた。振り返ると、クーハクートのところのメイドさんじゃった。

「聖獣が街に届いたそうなので見に来ましたが、あれは違いましたね」

メイドさんの視線の先では、檻に入ったタイガーが小動物のように震えとる。

「分かるか？　鑑定には借り物タイガーと出ておったぞ」

「なんかじいじを馬鹿にしてたから、腹が立ったよ」

串焼きを食べるルーチェは、いたくご立腹じゃ。

「とある貴族がわざわざ取り寄せたそうです。知識不足で恥をかくとは、自業自得ですね」

メイドさんはフフフと笑っとる。

「……そいつはクーハクートの敵なんじゃな」

「いえいえ、敵だなんてとんでもない。一方的に難癖を付けてくるだけの小物です。クーハクート様も相手にしておりません」

軽く手を振って、メイドさんはからからと笑いよった。

「敵とも見てもらえないんだ。ダメだね、その人」

「はい。ダメダメです」

ルーチェの言葉に大きく首を縦に振り、メイドさんが答える。

「クーハクート様へご報告致しますので、失礼します。また料理を教えてくださいませ」

礼を述べ、腰を折ってから去っていくメイドさん。

「ばいばーい」

手を振るルーチェを連れ、再び出店を巡る。

新たな仕入れ先も、珍しい物も見つからんかったが、出店で土産を買って家へと帰る儂らじゃった。

《 21　塔の街とクーハクート 》

今日はクーハクートの屋敷にお出掛けじゃ。お供はルーチェとルージュじゃよ。

ナスティは儂に代わって、カナ＝ナとカナ＝ワの指導をしてくれとる。ロッツァはクリムと一緒に海産物集めをするそうじゃ。

皆で朝ごはんは済ませとるし、ナスティが残っておるから昼ごはんも任せられるかもしれんが……それまでに帰れるかのぅ。

屋敷に向かいがてら、木工房で丸太と樹皮を仕入れておく。折角道すがらにあるんじゃから、バルクスライムの食事も確保してやらんとな。

ルージュがいつもの如く儂に負ぶさり、それを羨ましそうな目で見たルーチェを肩車して歩くことにした。すれ違う誰からも二度見されとるわい。儂は顔を売る機会だと思って諦めとるよ。ルーチェとルージュの機嫌が良いかどうかが大事じゃからな。

見るからに高級な邸宅の並ぶ通りを進み、外壁近くまで辿りつくと、ひと際大きな屋敷が立っておった。屋根の赤茶色と壁の白色がくっきり分かれておるから、見栄えが良い。

「クーハクートさんいますかー？」

儂の肩から降りたルーチェが声を張り上げてしまう。守衛が見当たらんから仕方ないかもしれんが……直接声をかけていいんじゃろか？　まあ、クーハクートなら大丈夫か……

儂の心配をよそに、扉が開かれる。中からは儂から料理を習ったメイドさんが出てきよった。

「アサオ様、いらっしゃいませ。クーハクート様のもとへご案内致します」

　メイドさんに連れられて扉を潜ると、屋敷の中も外に負けず綺麗なもんじゃった。煌びやかな調度品や、趣味の悪いゴテゴテの装飾などは一切見当たらん。絵画などが数点あるだけで、それも主張せずすっきりしとる。

「会う約束をしとらんが、良いんじゃろか？」

「構いません。お見えになられた際は、最優先で通すように言われてますので」

　儂の質問を予想していたのか、メイドさんが答えに詰まることはない。

「アサオ様はクーハクート様のご友人です。何の問題もありません」

　儂らの後から付いてくるメイドさんが言葉を継いだ。このメイドさんは、以前魔物の魚の角を渡したあの人じゃな。護衛が主任務とも言っておったし、隙が見つからんなかなかの手練れじゃや。

「そういえばあの角は役立ったかのぅ？」

「ええ、とても！　良い得物に出来ました。ありがとうございます」

　振り返って問うたら、彼女は目を輝かせながら答えてくれ、腰に差した短刀を大事そうに撫でておる。

「それでクーハクートと自分を守ってくれな」

「はい！」

　力を込めて頷くメイドさん。良い返事じゃや。

そうこうするうちに一つの扉の前に着く。メイドさんがノックをしてから口を開いた。

「アサオ様をご案内しました」

「ありがとう。入ってくれ」

室内はとても明るかった。南向きに設えてある大きな窓が開け放たれておる。二組四枚分じゃから、太陽光と風が気持ちよく吹き込んでおるのぅ。壁に並ぶ書棚、中央に据えられたテーブルと椅子も木目が綺麗じゃ。

クーハクートが両腕を大きく開き、儂らを出迎える。

「今日はどうしたのだ？　花豆の仕入れか？」

「いや、少し聞きたいことがあってな。カタシオラから南西にある塔の街のことなんじゃ」

「あの街がどうかしたのか？」

儂に答えながら、クーハクートはメイドさんに合図して、部屋から下がらせてくれた。儂の両隣にルーチェとルージュが座り、向かいにクーハクートが一人席に着く。

「住んどる人たちが皆、『半死人』になっておった」

クーハクートは目を丸くしたきり、口を開かん。ただ、話を遮らんところを見るに、続けろってことなんじゃろ。

「住人が流行り病に罹ったところに、流れの魔法使いが訪れ、病を治療しようと回復魔法をかけたが治らんかった。自分に感染する恐れがあったので、魔法使いは街を去ったそうじゃ。街の人口は病で半分になった。その時領主から派遣された神官が、税の軽減と、『半死人』の状態を後遺症だから問題なしと伝えたんじゃと」

「………」

眉間に皺を寄せてクーハクートは押し黙る。ふいに席を立ち、書類棚から一枚の折り畳まれた古びた紙を持ってくると、テーブルの上で開いていく。

「あの街の塔は、この国が出来る前からあそこにある。誰が何の為に造ったのか分からん。訪れる者が多く、居着いた人が増え、いつの間にか街になっていた。だがそれも長くは続かず、今では寂れた街になってしまった」

クーハクートが開いた地図上で塔を指さしながら語る。

「そうじゃな。街の者もそんなことを言っておった。旅人が珍しいらしく、かなり歓迎されたぞ」

「グラブを作ってもらえたね」

ルーチェは笑顔で答え、ルージュも頭を押さえて頷く。今は被っておらんが、帽子を作ってもらったと主張しとるようじゃ。

「腕の良い職人が住んでいるからな。なので、人が減った今も生活できるのだよ。ただ、あの街の領主からは、野心も邪心も感じなかったのだが……」

腕を組み、首を捻るクーハクートは難しい顔になってしまった。なぜかルージュが真似しとる。

「住人を治せとも、街を元に戻せとも儂は言えん。街の者は普通に生活しており、変化を望んでおるようにも見えんかった。なので儂がするのは報告じゃ。あとは国なり領主なりに任せる。すまんな」

儂が頭を下げれば、クーハクートは慌てたように止めてくる。

「いや、よしてくれ。これは統治する者の仕事だ。報告感謝すると言うべき案件だよ。ありがとう」

逆に頭を下げられてしまったわい。

「少し調べてみる……協力を頼むかもしれんから、その時はよろしくな」

頭を上げたクーハクートは、にかっといつもの笑顔を見せた。

「分かった。さて、難しい話はこれまでじゃ。クーハクートは何か新しいモノを仕入れたりしとらんのか？」

こちらもいつもの儂に戻り、話題を変える。

クーハクートも乗ってくれて、最近仕入れた魔道具の話をしてくれた。ただただ回るだけの魔道具で、まったく役に立たんそうじゃ。安かったから仕入れたんじゃと。他にも若手の習作をいくつも儂に見せてきて、話題が尽きることはなかった。

ルーチェとルージュは途中で飽きたらしく、メイドさんたちとお茶をしておった。

《 22 昼ごはんに何作ろう 》

クーハクートの屋敷をあとにして、儂らは帰宅する。

昼ごはんまでにはまだ時間があるでな、その途中で少しばかり店を覗いておる。

クーハクート自身はいろいろやることがあるので同行しとらん。その代わりなのか、メイドさんが全部で五人、一緒に歩いておる。普段屋敷の食材などを仕入れている店を紹介してくれるそうじゃ。クーハクートが嫌がるので、高級店はあまり使わんのじゃと。儂のような一般市民でも十分買える値段の店らしい。

陶製の食器を主に扱う店を覗いていたら、ベタクラウが買い物をしておった。向こうも儂に気付いて声をかけてきよる。

「丁度良い。一緒に昼飯にしないか？　少し聞きたいこともあるんだ」

すっかり昔馴染みのような気さくさで話すのう。

「儂らは家に戻って昼ごはんじゃよ。家族が待っておるからな」

「なら私も行こう。他の店の味に満足できなくてな……アサオのせいだぞ？」

にやりと笑いながらベタクラウは儂と肩を組み、背を叩いてくる。パンパンと良い音が響いとるのぅ……ルージュが真似せんといいんじゃが。

メイドさんたちとも面識があったので軽く挨拶を済ませ、一緒に我が家へ向かう。途中、相談したいモノを取りに行くとベタクラウが一人で港へ向かったが、家に着いたのはほぼ同じくらいじゃった。

「ただいまー」

扉には向かわず庭へ回り、元気に声をかけるルーチェに、

「おかえり～」

ナスティが返事をしてくれた。カナ＝ナたちの声がせんから、まだ頑張って練習しとるんじゃろ。

儂も庭へ行くと、ロッツァが砂浜で甲羅干しをしておった。クリムは家のそばの生け簀に何かを入れておる。

波打ち際ではカナ＝ナとカナ＝ワが、小さな竜巻を一つずつ作ってぶつけ合っていた。

「ほぼ同じくらいの強さで作らせているんですよ～。互いに干渉するから操作が難しいんです～」

ナスティが説明してくれる。確かに向かい合っとるカナ＝ナとカナ＝ワは、若干の疲れを顔に滲ませておるな。

「そろそろ昼ごはんにするんじゃが、何か希望はあるか？」

「そうですね～」

「ならこれを使ってくれ。これの相談に来たんだ。アサオなら何か美味いモノにできるだ

ろ？」

ベタクラウが抱えていた甕を儂に預けてきた。蓋がしっかりされとって、中身が分からん。ベタクラウが持ち込むんじゃから、魚介類だとは思うんじゃが……

「最近、人族の仕掛けにかかるんだとさ。折角獲った魚や貝を食べる厄介者で、困ってるんだよ。とある方の眷属ではないかとも思えてな」

顰めっ面をするベタクラウの説明を聞きながら、甕の蓋を開ける。中を覗けば何かが蠢いておった。ぬめる足を伸ばして甕の中からぬるりと出てきたそれは、蛸じゃった。次々出てきた蛸は全部で四匹。どいつもこいつも、足を広げた大きさは1メートルを超えておる。

「小さいダゴン？」

「やはりそう見えるか！」

ルーチェが蛸を見下ろしながら指さすと、ベタクラウは目を見開いた。その間に儂が鑑定すると、魔物でも眷属でもないただの蛸という結果じゃったよ。

「ダゴンとは無関係の単なる海産物じゃ」

「そうか。なら何か美味いモノにしてくれ。獲物を横から掻っ攫う悪者も、美味な食材になるなら多少は寛大な心を持てるかもしれん」

真剣な眼差しのベタクラウは、視線を蛸から外さん。

甕から脱走を図った蛸を盥に移し、《浄水》と風魔法の回転で渦潮にかける。時々逆回転も織り交ぜれば、ぬめりが取れるじゃろ。足りないようなら追加で塩揉みじゃな。

数分渦潮に揉まれてぴくりとも動かなくなった蛸の眉間に串を打ち、〆る。二匹を【無限収納】に仕舞い、残りの二匹を昼ごはんに仕立てるぞ。

寸胴鍋に湯を張り、蛸を茹でる。生の刺身も良いが、今日の気分は茹でた足の刺身じゃ。土鍋で白米をカツオダシと昆布ダシで炊く。炊き上がってからぶつ切りにした蛸を入れれば、蛸ごはんになる。先に入れてしまうと硬くなってのぅ。蛸の味が米にのるのを採るか、蛸も美味しく食べるのを採るかの選択じゃな。今日は蛸も美味しく食べるほうを選んでおる。針生姜やアサツキなどの薬味はお好みでな。

蛸の頭はひと口大に切って、唐揚げかのぅ。醤油で下味を付けて、粉振って揚げるだけじゃ。簡単じゃろ？　生姜やニンニクを使ってもいいが、鮮度の良い蛸じゃからな。必要最低限の味付けにしてみた。

残った蛸の内臓は、どう使えば食べられるのか儂は知らん。なのでクリムが作ってくれた穴に埋めておいた。

あとは、先頃作った鉄板の出番じゃよ。半円の窪みが一列六個で、四列並んでおる。

儂の取り出した鉄板を見て、ルーチェは笑っておった。

「変な鉄板だね」

と、ルーチェににこやかに言われたが、

「きっと美味しい料理ができるんでしょ？」

ともフォローされた。

頭も足もぶつ切りにした蛸で作るは、たこ焼きじゃ。

鉄板にダシで溶いた粉を流し入れ、窪み一つずつに蛸を放り込む。刻んだキャベツ、ネギと揚げ玉を盛って焼いていく。適当な時間でくるりと返せば、儂の手元を見ていたメイドさんから歓声が上がった。綺麗に仕上がるものと、上手くいかんものが出たが、これは火加減のせいじゃろな。何度か繰り返すと、一人一皿くらいの量が出来上がった。

蛸ごはん、たこ焼き、蛸刺し、蛸唐揚げと、蛸尽くしの昼ごはんの完成じゃ。

皆で食べていたら、ベタクラウが吠えておった。

「これは美味いな！　アサオのところに卸せば、また作ってくれるか？」

儂が頷くと、ベタクラウは満面の笑みになっておった。白米の仕入れも検討するそうじゃ。メイドさんたちにも好評で、ベタクラウから仕入れる相談をしておる。

「じいじ、このごはんをおにぎりにしたらどうなる？」

「美味くなるぞ？　海苔との相性も悪くないからの」

儂の答えを聞き終わる前に、ルーチェを含めた全員が、儂の前にお椀を差し出してきよった。今から握るのも大変なので、【無限収納】から取り出した焼き海苔を渡して勘弁してもらった。

カナ＝ナとカナ＝ワはたこ焼きが気に入ったらしく、おかわり分を自作しておる。どうにも上手くひっくり返せとらんが、それでも楽しいようで、二人してあーだこーだ言いながらやっとるよ。

食事が済んで皆が一服しとる間に、儂は握り飯を作る。クーハクートが悔しがると思ってな、メイドさんに土産で持たそうと思ったんじゃよ。漁師に報告に行くベタクラウも欲しがったから、その分も一緒にじゃ。

ルーチェは儂の手伝いをしたと思ったら、自作した分を焼きおにぎりに仕上げておった。美味しい物を作ろうと試行錯誤するのは間違っとらん……間違っとらんが、今昼ごはんを食べたばかりじゃろ？

儂の心配をよそに、皆がルーチェを真似して、一人ひとつ焼きおにぎりを食べとった。

《 23　植物だって大変です 》

「アサオさん！　このカボチャを使ってくれないか！」

バイキングを営業している最中に訪ねてきた八百屋の親父さんが、儂に頭を下げておる。必死の形相で頼み込んでおるから、何かしら深い理由があると思うんじゃが……

「まだ店を開けておるから、後でいいかの？」

「あ、あぁ、すまない」

親父さんの背後を見れば、台車に載った大量のカボチャがあった。色も形も大きさも様々じゃ。

カボチャと親父さんのことは気になるが、ひとまず通常営業を問題なく終わらせなきゃならん。おおよその時間を伝えて、親父さんには一度帰ってもらい、あとでまた来てもらうことにする。ずっと待つだけじゃ、時間が勿体ないからのぅ。

ルーチェたちと一緒にいつも通りの味と量を提供して、本日の営業は無事終了。夕方まで相変わらずの盛況ぶりじゃった。

片付けは皆が手分けしてやってくれるというので、儂は親父さんの待つテーブルへ向かう。頃合いを見計(みはか)らって再び来店した親父さんは、先ほど庭の片隅(かたすみ)に置いていったカボチャをテーブルに並べておる。

「で、何で急にカボチャなんじゃ？」

「いや、畑の隅で作っていたカボチャが、一夜でこの大きさに育ってな。ピンと来たから持ってきたんだよ」

鼻の頭をぽりぽり搔(か)く親父さんは、少しだけ得意気(とくいげ)な顔をしておる。

「ひと晩で育つって、それ大丈夫なの？」

焼き台の炭を片付けていたルーチェが、通りがかりに声をかけ、答えを聞く前にまたいなくなってしまう。

「《鑑定》」

気になったので一応見てみると、不思議な鑑定結果が出ておった。その文言とはこうじゃ。

――魔カボチャ。ジャックオランタンの幼生体。今なら、食べれば魔力が増える、美味しいカボチャです。育ちきると美味しくない魔物になります――

「魔物になりかけとるんか……？」

「やっぱりそうか！　となると他のも危ないな……アサオさん、このカボチャを卸してもいいかい？」

「儂としてはありがたいが、美味しいカボチャみたいじゃから買い手はおるじゃろ？」

カボチャを一つ手に取りながら聞いてみたが、親父さんは手をぶんぶん顔の前で振っておる。

「あー、ダメだダメだ。そこいらの包丁じゃ刃が立たないし、万一切れても途端に味が悪くなるんだよ。ところが魔力を通した刃物だとすっぱすぱ切れて、味も落ちない。だから魔剣使いか魔法使いが必要なんだ。そこに美味しく食べることを加味したら、料理の腕も欲しい……となると俺の知る限りアサオさんしかいない」

「魔カボチャとは珍しいですね～。美味しいんですよ～」

鉄板を磨き終わったナスティがそう言いながら、儂らのそばを通り過ぎる。炭の片付けを手伝うルーチェの瞳が輝き、カボチャを見る目が鋭くなりよった。

「商業ギルドにも勿論卸すが、数日経ったら魔物になるってんで、上限を決められちまうんだ。それに魔カボチャは際限なくどんどん生りやがる。出来すぎると次の作物が育たなくなるから、ある程度収穫したら枯らさにゃいかん。とはいえ思わぬ臨時収入で嬉しい話なのは確かでな。あ、商業ギルドに卸す前に、アサオさんへ渡す分は確保するから安心してくれよ！」

カボチャを台車から下ろし終えた親父さんは、空の台車を押して一目散に走り去ってしまった。

「……魔カボチャだって、お姉ちゃん」

「うん。これ食べたらまた強くなれるよ」

カナ＝ワとカナ＝ナがひそひそ相談しとるが、儂に丸聞こえじゃ。魔力が増える話は有名なんじゃな。

山積みされたカボチャはひょうたん型、真ん丸型、潰れた円盤型、ごつごつとした突起のある星型まであった。大きさや形が違っても、どれもこれもが魔カボチャと鑑定に出ておる。

「魔力を通した刃物とはどんなもんか分からん……何を使って、どう切ればいいんじゃ？」

知っていそうなナスティに聞いたら、

「包丁に魔力を纏わせるのが早いですね～。付与魔法が使えるならそちらでもできますけど～」

顎(あご)に指を当て、首をこてんと倒して答えてくれた。

纏わせる……纏わせる……包丁までを手のようにするんじゃろか？　おぉ？　こうか。

儂の手が若干光りよるな。これが魔力を通すってことなのかのぅ。

一応魔法の包丁も作るか。儂以外も仕込みをできるほうが便利じゃろ。

「《付与(アディション)》、《風刃(ウィンドエッジ)》」

金物屋で仕入れておいた包丁二本に付与したが、壊れず成功したわい。

まな板に載せたカボチャに魔力を纏わせた刃を立てると、抵抗なくスッと入っていく。

ふと気になって、普通のジャガイモを取り出して切ってみたが、手応(てごた)えは普段と変わらんかった。

儂がさくさくカボチャを切るのが面白かったようで、ルーチェは儂の隣に立っておる。

付与した包丁を手渡したら、カボチャを次々真(ま)っ二(ぷた)つにしてくれた。ただ、もの凄く良い笑顔で切るから、少しだけ怖い絵面(えづら)になっとる。

「じいじ、すごいよ。今なら私、何でも切れる気がする！」

「その万能感はいらんぞ。カナ＝ナとカナ＝ワは種を除(のぞ)いてくれ」

「「はーい」」

日も暮れとるから、二人を帰そうと思ったんじゃが、晩ごはんまで食べていくそうじゃ。なので二人にもお手伝いを頼む。

いろいろな料理にするのは明日以降じゃが、仕込みだけは済ませて【無限収納(インベントリ)】に仕舞わにゃならん。

ナスティたちも手を貸してくれたので、普段と変わらない時間に晩ごはんを食べられた。カナ＝ナたちも魔カボチャを食べたがっておったから、明日の夕飯の約束をして、今日はお別れした。

《 24 魔カボチャ料理 》

朝ごはんを食べているとカナ＝ナとカナ＝ワが訪ねてきて、

「おはよう！　仕事終わったら来るからね！」

「おはようございます……美味しいのをお願いします」

と挨拶がてら要望を元気良く口にして、すぐに去っていった。二人はこれから冒険者ギルドで研修と仕事じゃな、頑張れ。

儂の隣に座るルーチェからも、カナ＝ナたちに負けず劣(おと)らずの期待に満ちた眼差しをひしひしと感じる。

「魔カボチャを料理する機会なんて久しぶりですね～」

「以前はどんなのを作ったんじゃ？」

「保存食ですよ～。一度に使い切るより～、長く楽しむ為に干しカボチャにしました～」

ナスティは器用に焼き魚の骨を取り除きながら、笑みを浮かべとる。

「味が凝縮されるから、旨味も甘みも増しそうじゃ。ナスティにはそれを頼もうかのぅ」

「分かりました～。ルーチェちゃんにも手伝ってもらいますね～」

玉子焼きを頑張るルーチェが驚きの表情でナスティを見ておる。儂の手伝いをしようと考えてたんじゃろか？　何かしら手伝いを頼もうと思っておったから、どちらでもいいんじゃが、指名が入ったならそっち優先じゃな。

ナスティたちは、薄切りにしたカボチャを天日干しにするから、庭での作業になる。儂は台所で料理じゃ。【無限収納】から、昨日下処理をした魔カボチャを適量出して、二人に渡しておく。

鍋に水を張り布をかけ、ざるを載せて簡単な蒸し器にし、魔カボチャを重ならないように並べる。

あとはそのまま茹でる分も用意しておくか。ひと口大に切ったカボチャを鍋に入れて、少しの塩で茹でるだけじゃ。

予熱したオーブンにカボチャを半分のまま仕込む。フライパンで焼くより、オーブンのほうが火の通りがよさそうじゃからな。

次に、カボチャを薄くスライスして油で揚げる。あとで塩を振ればカボチャチップスじゃ。スライスの一部は衣を纏わせて天ぷらにする予定じゃよ。カボチャ天だけだと寂しいから、他にもジャガイモやナス、タマネギなども準備しておくかのう。

残るは煮付け。ダシと醤油、酒で炊くだけじゃから、簡単なもんじゃ。火加減に注意して、下手に触らんようにすれば煮崩れも起こさん。肉そぼろにとろみを付けたいが、片栗粉がありゃせん……どこに売ってるんじゃろか。

とりあえず見つかるまでは寒天で代用じゃな。

さて、蒸しカボチャと茹でカボチャを何にするか……まぁ、まずは味見じゃ。熱々の蒸しカボチャにバターを載せ、木匙でひと口分をすくって口に運ぶ。ねっとりとした食感と、口内に広がる甘みで思わず頬が緩んでしまう。

ふと足元を見ればクリムとルージュがじっと儂を見ておった。二匹にも取り分けて与えると、ひと口で頬張る。小躍りして喜んでおるから、美味いんじゃろ。

クリムたちに小皿を運んでもらい、ルーチェたちにも味見分をおすそわけじゃ。

とりあえず茹でたカボチャを粗く潰し、キュウリやタマネギ、燻製肉を刻んでマヨネーズと和えただけで、カボチャサラダが完成する。

残るは……カレーに使っても良さそうじゃな。

じっくり炒めたタマネギとひと口大に切った肉、大ぶりの野菜をことこと煮る。ルゥを入れて更に煮詰め、塩などで味を調えればカレーの完成じゃ。カボチャは素揚げして後載せじゃよ。一緒に煮込むと溶けてなくなってしまうでな。

「じいじ、カボチャ干すの終わったよー。で、お腹すいたんだけど、まだ食べられない？」

カレーの匂いに釣られたルーチェが庭先から戻り、顔を見せる。その後ろにはナスティもおるし、ロッツァもおった。

「甘い匂いばかりだが、美味そうだ。アサオ殿、汁物はないのか？」

テーブルに並べてあった料理のほうを見て、ロッツァがきょろきょろ目を動かしとる。

「汁物か……となると、ポタージュかほうとうみたいな料理になるかのぅ」

「それはどんな物だ？」

「ダシが利いた具なしのスープがポタージュで、うどんみたいなのがほうとうじゃよ」

儂の大雑把な説明だけで想像するのは難しいかもしれん。ただ、それでもロッツァにはある程度伝わったようで、思案しておる。

「私はポタージュがいいな」

「我はほうとうが食べてみたい」

ルーチェとロッツァが同時に口を開くが、希望するものは別々じゃった。

「ナスティとルーチェでポタージュを作ってくれるか？　その間に儂がほうとうを作る

から」

「はーい」

「分かりました～。教えてください～」

茹でカボチャを二人に渡し、調理手順を伝えれば、卒なくこなしてくれる。裏漉しと味付けを丁寧にするのが肝じゃからな。

儂は寸胴鍋に肉と野菜を放り込み、めんつゆと水でぐつぐつ煮立てていく。味付けは味噌じゃ。あとは、【無限収納】に仕舞ってあったうどん種じゃな。少し厚めに伸ばしてから太めに切り、下茹でせずに鍋へ一本ずつ入れて煮込めば完成じゃよ。

「アサオ殿、茹でないのか？」

麺を鍋に放るのに驚いたロッツァが聞いてくる。

「これは茹でずに一緒に煮るんじゃ。それでとろみが出て美味いんじゃよ」

下茹でしてからだと、この味にならんからのぅ。

「汁物にしては随分と具沢山だな」

「ほうとうは、汁であり、主食であり、おかずでな」

「……」

ロッツァは難しい顔をして悩んでおる。儂も理解するのに時間がかかったから、仕方ないじゃろ。とりあえずほうとうはそういう物と思うしかないんじゃ。

いろいろ作り、なんだかんだと時間が過ぎてしまって、もう昼じゃよ。

「ごっはんー♪　ごっはんー♪」

「……お腹空きました」

頃合を見計らったかのようにカナ＝ナとカナ＝ワが顔を見せる。ズッパズィートもその後ろにおるな。デュカクが来店した時に自分とカナ＝ナたちの食事代を金貨で先払いしてくれてるから、一人分増えたところで問題はありゃせん。デュカクにしてみればカナ＝ナとカナ＝ワは同族の後輩……弟子みたいなもんで可愛いんじゃろ。

人数がおるので、今日の昼は店の中でとる。儂の並べた料理を前に、皆は待ちきれん様子じゃ。

儂の「いただきます」を合図に、皆は思い思いに料理を食べ始めとる。

良い笑顔でどんどん食べ進められ、魔カボチャ料理はみるみる減っていく。これ、八百屋の親父さんが来るまで持つかのぅ……

樹皮ではないが、魔カボチャの皮はバルバルが残さず食べておった。美味しいのか、微妙に震えとる。食べ慣れないもので体調を崩すかもしれんから鑑定したが、魔力が少し増えとった。果肉だけでなく、皮にも効果があるんじゃな。

カボチャ料理がかなり目減りした頃、やっと訪れた親父さん一家は落胆の表情を浮かべた。親父さん一家には、仕入れ代を食事代で相殺してもらっておるから、儂はせっせと料理を追加するのじゃった。

《 25　魔物になる理由 》

バイキングに並べるほどの量はないので、昨日の店では魔カボチャ料理を出しておらん。常連になってくれとる冒険者たちはどこからか情報を仕入れていたらしく、もの凄く残念がっておったがな。

カボチャの他にもジャガイモ、ダイコン、ニンジンが魔物化しておったそうじゃ。ただ、カボチャほどの量がないので、全て儂のところに卸してくれた。息子さんと一緒に荷下ろしをしとる時に、親父さんがそう教えてくれたんじゃよ。

「原因は分かったのか？」

「いや分からん。野菜の魔物化は原因不明なんだ。とりあえず魔カボチャが最初だったから、全部引っこ抜いた。あとはその都度(つど)対処してるよ」

親父さんは腰に手を当てて伸ばしながら答えてくれた。野菜が魔物化する畑を見てみたいのぅ。

「根本的な問題が分かれば、事前の対処もできそうなんだがな……」

「じいじに見てもらえば？」

ルーチェに言われて、親父さんと息子さんが儂を凝視する。

「アサオさんは商人だろ？　あと魔法料理人か。畑は門外漢じゃないのか？」

「田舎におった頃は畑をいじっておったぞ。とはいえ、魔物化なんて現象は起こらんかったから、分かるかどうか保証はないがの」

「なんだ、農作業してたのか。道理で野菜の目利きが正確なわけだ。なら一度見てくれよ。もしかしたら分かるかもしれないってんなら、やってみる価値はあるさ」

言うが早いか、親父さんに連れられて儂は家を出た。まだ野菜があるかもしれんから、荷物持ちとしてロッツァが同行してくれるようじゃ。

野菜畑は、畑だけの区画が街の外に整地され、街の北側に広大な畑が広がっておる。そこを自分たちで開墾して作付けしとるのが、親父さんたち農家じゃな。同じように果樹園を営む者も、一緒の区画に入っておるそうじゃ。

綺麗に畝が作られ、土地の栄養も水も十分。親父さんの土地に向かいがてら見た畑は、どこもそんな感じじゃった。

畑区画は儂らの背丈くらいの石壁に囲まれておるが、その外は森になっとるんじゃと。これ以上の開墾をするには、また森を切り開き、石壁を外に積まないといかん。今のところ、その予定も計画も立っておらんらしい。

この区画の一番北に位置するのが親父さんの畑。親父さんの畑以外では、魔物化した野菜は見つかっとらんそうじゃ。ロッツァにも整然と並ぶ畝は珍しいのか、儂の後ろで静かにきょろきょろ周囲を見回しておる。

　パッと見、森に一番近いことくらいしか他所の畑との違いはないのぅ。一応《索敵（レコナ）》とマップで確認してみるか。

「ん？　これはなんじゃ？」

「アサオさん、何かあったか？」

　思わず漏れた儂の声に、親父さんが反応する。マップは儂にしか見えんから説明しにくいんじゃが……

「あの畝のところに何かおるみたいなんじゃよ」

　儂が指さす畝には、緑の葉が生い茂（おしげ）っておる。

「あそこはまだ魔物化していないカブだな。でも何も見えないぞ？」

「こっちじゃ」

　儂は親父さんと一緒に歩き、その何かがおる場所を目指す。儂の歩く速さの半分以下で、その何かも動いておるようじゃ。

「お、畝を渡ったのぅ」

　カブの葉を蹴飛（けと）ばさないよう慎重（しんちょう）に畝を跨（また）ぐ。見えない何かは観念したのか、動きを止めおった。カブの葉の陰（かげ）に隠（かく）れてやり過ごそうとしとるのかもしれん。

「ここじゃな」

　カブの葉を掻き分けても姿は見えん。ただ、カブの畝に何かを刺したような跡がある。まだ動かん何かに儂が手を伸ばすと、さわさわと揺れる物に触れた。触った感じは葉っぱのようじゃ。

「なんだ、この跡？　棒でも刺したか？」

「ロッツァー。畑に悪さする魔物は知らんか？　姿の見えん何かがおるみたいなんじゃ」

　畝と畝の間は細いので入れんかったロッツァに声をかけるが、返事がない。儂が見えんのか、そっぽを向いたままじゃ。

「何かされたんじゃろか？」

「サワルカラダヨー」

　聞きなれない声に振り返るが、何もおらん。

「コノハタケオイシーヨー」

　さわさわと揺れる葉っぱの下から声が聞こえる。儂はゆっくりしゃがみ、その何かを抱え上げた。

「イヤーン。ツカマッター」

　聖護院大根のような白くて丸い何かから伸びた四本の根が、手足のような形をしとる。胴体らしき場所には、目や鼻などの顔パーツが付いておった。

　ずっしり重いそれを顔の前にまで持ち上げたので、儂とそれは目と目がばっちり合って

しまう。

「お前さんは……」

「マンドラゴラー。サケブ？」

「叫ばんでいい。お前さんは何をしとったんじゃ？」

「ゴハンタベテタ。カワリニマリョクアゲルー」

……野菜から栄養を吸い上げとるんか？　その代金として魔力を与えとるから、野菜が魔物化したんじゃろか……

「ちょいと見るぞ。《鑑定（エヴァルア）》」

「ハズカシー」

全く表情を変えずに、声色（こわいろ）だけ器用に変えるマンドラゴラは、《隠れ身》と《交換》なるスキルを持っておった。

《隠れ身》は、姿を消して、ヒトや魔物に触れられた時に解除（かいじょ）されると説明が出とる。

《交換》は言葉通り、何かと何かを入れ替えるようじゃ。

「自分の余ってる魔力を払って、野菜から栄養素をもらっておったんか。それで魔カボチャが出来たんじゃな」

「ソレホドデモー」

恥（は）ずかしがるマンドラゴラの顔は、やっぱり変わらん。不思議な穴を見ておる親父さんに視線を移すが、儂らに気付く素振りもない。《隠れ身》が儂にまで効果を発揮しておるようじゃ。

「儂が触っとるのに、何で解除されんのじゃ？」

「アナタヒトジャナイモノー」

……表情を変えずに人外認定されたわい。

「お前さんに何もせんから、スキルを解除してくれんか？　他の者と話もできん」

「イジメナイデネー。ンンンンー、ハイ」

ぷるぷる震えたマンドラゴラが止まった途端、親父さんと儂の目が合った。

「アサオさん、どこ行ってた？　それよりその大きなカブみたいなのはなんだ？」

「マンドラゴラー」

そう言うと儂の腕の中でくるりと回って、親父さんに向き直り、片手を上げて挨拶しよった。

親父さんはあんぐり口を開けたまま止まっておる。少し離れた通りにおるロッツァも、マンドラゴラを見て驚いた顔をしておった。

《 26　マンドラゴラ 》

「トマッター」

手を伸ばし、てしてし親父さんの頭を叩くマンドラゴラは楽しそうじゃ。

「どうやって栄養と魔力を交換するんじゃ？」

動けなくなった親父さんを放置して儂が問いかけると、実演してくれた。

「コウダヨー」

マンドラゴラがカブの実に手を添えると、柔らかな光に包まれる。

「オイシー」

手が離れたカブを鑑定したら、確かに魔カブになっておった。

また同じように隣の畝にあるジャガイモに手を伸ばし、土の中にズボッと突っ込む。一株まるまるを光が包み、やがて消える。

「デリシャスー」

次のカブに手を伸ばそうとしたので、今度は止めた。

「食べすぎじゃ」

ジャガイモを掘り上げると、全部が魔ジャガイモじゃった。原因確定じゃな。あとはこやつをどうするかじゃが……

「親父さん、どうする？　こやつにすれば、ただ食事をしとるだけらしいんじゃが」

「……はっ！　マ、マ、マンドラゴラは畑の吉兆。ありがたい存在だ。いや、まさか、本物に会えるとは……」

また親父さんをてしてし叩くマンドラゴラに悪意は感じられん。何か面白いモノを見つけた子供みたいじゃ。《索敵（レコナ）》も赤くなっとらん。

目を見開いた後、親父さんはぶつぶつ呟きながらマンドラゴラを拝んでおる。

「この畑の作物が美味しくて食べてたそうじゃ。その代金として魔力を与えたら、魔カボチャになったんじゃと」

「コノハタケ、ビミビミー。イイアジー」

踊（おど）るように身体をくねらせ、手と足を揺らすマンドラゴラ。

「このジャガイモとカブを今魔物化しとったから、こやつが原因で間違いないぞ。とはいえ、吉兆の存在なら妙な扱いはできんじゃろ？」

「勿論！　排除（はいじょ）なんてしない！　ただ、どれもこれも魔物化されると……」

親父さんの声は、尻すぼみにはっきりしなくなる。

「お前さん、食べる野菜を教えられんか？　もしくは親父さんの前でだけ食べるとかな」

「イイヨー」

軽い返事がマンドラゴラから聞こえる。親父さんは、再度目を見開いて止まってしまった。

「ケーヤクスル？」

「契約？　従魔にでもなるのか？」

「ゴハンクレル。イイヒト。マモルヨー」

マンドラゴラは、機嫌良く儂の腕の中で揺れとる。

【無限収納】から頭部分にかけられるくらいの腕輪を取って出し、マンドラゴラに渡したら、素直に受け取って親父さんの頭に飛び移った。

儂が蔓で編んだ腕輪には《結界》と《堅牢》を付与してある。守ると言ってるんじゃ、それに見合ったものがいいじゃろ。

「ロッツァー、親父さんと一緒に商業ギルドに行ってくる。少し待っててくれんか？」

「分かった。いろいろな野菜が生っているのが面白い。ここでアサオ殿を待つ」

まさかの従魔、しかもそれがマンドラゴラであることに戸惑う親父さんじゃったが、嬉しくもあったらしく、すんなり登録してくれた。ギルドで従魔登録して畑へ戻ったら、ロッツァは寝ておった。

マンドラゴラの食事は、大きさによって多少の誤差はあるが、一日当たり五株くらいになるらしい。食べたい時に触れるので、食事の前後どちらかで親父さんに伝えるそうじゃ。

今日の食事で魔物化した野菜は、儂が買い取ることになった。

儂としてはありがたいが、ギルドに卸さんでいいんじゃろか？

買い取った野菜を持ち帰り、早速調理じゃ。

同行してくれたロッツァの希望は豚汁じゃった。しかも野菜たっぷり、肉たっぷりの贅沢豚汁を希望されたわい。

ロッツァの希望を叶える為、【無限収納】から肉と野菜を取り出す。

薄切りにした肉を鍋で炒め、ひと口大に切ったジャガイモ、タマネギ、ニンジンにも脂をまわす。

野菜が透き通ってきたら、水をたっぷり入れて煮立てる。アクを取りつつ、儂は唐辛子を薬研で潰しておる。七味は作れんが、一味はできることを思い出してな。山椒、麻の実、ケシなども見つからんかのぅ。ゴマ、生姜、唐辛子の三味では風味が足りん。柑橘の皮で陳皮には……ならんか。探し物が増えてしまったな……

それから、今儂の前には、脂をまわすカボチャとジャガイモがたくさんある。なので、久しぶりにコロッケにしてみようと思っとる。カボチャで作ったことはないが、ジャガイモで作る場合とさして違いはないじゃろ。

ジャガイモとカボチャは蒸かす。茹でるよりも味が薄まらん気がしてのぅ。

その間にみじん切りしたタマネギ、粗挽き肉を塩胡椒で炒める。

熱いうちにジャガイモの皮を剥き、粗く潰す。炒めたタマネギなどを混ぜて小判型に整えたら、あとはしっかり冷ます。熱いまま揚げると爆ぜて危ないんじゃよ。

粉をまぶし、卵を纏わせ、パン粉を付け、たっぷりの油でカラリと揚げれば完成じゃ。

カボチャコロッケは、甘みを活かす為、肉抜きにしてみるか……いや、タマネギもなしで、カボチャのみでやってみよう。皮を剥いて潰したら丸く球にする。あとは普通のコロッケと同じ手順でいけるじゃろ。

魔ジャガイモコロッケは勿論、魔カボチャコロッケも皆に好評じゃった。家族の他にも、仕事終わりに立ち寄ったカナ＝ナたち、マンドラゴラを連れてきた親父さん、メイドさんと共に儂の調理手順を見ていたクーハクートが笑顔を見せておる。

バルバルは相変わらずカボチャの皮を食べておった。食後に濃い緑色のブロックを吐き出しとったから、食べた物に因って質や色が変わるのかもしれんな。

マンドラゴラは何も食べず、バルバルをじっと観察した後、不思議な踊りを披露しとった。バルバルは特に反応もせずぷるぷる震えるのみじゃったが。

皆がおかわりを繰り返したので、早々にごはんも豚汁もなくなってしまった。予想以上にソースが目減りしておる。コロッケなどをびちゃびちゃにするような輩はおらん。とはいえ、さすがに頭数がおるから仕方ないのぅ。

「またソースを仕込まんといかんな」

空になったソース瓶を持って呟いた儂を、メイドさんたちが見逃してくれることはなかった。皆の目が、獲物を見つけた猛禽類のそれにしか見えん。

次回以降、ソースを作る時に参加者が増えることが決定した瞬間じゃった。

《 27　いい湯だな 》

店は開かんし、儂も出掛けんから、今日は皆思い思いに過ごしとる。素材の風味を活かした料理にしようと魔野菜ポトフを作っておったら、親父さんのマンドラゴラが一人で訪ねてきよった。

のんびり一服しながら煮込むつもりで、庭先に寸胴鍋を出していたんじゃが、いつの間にか儂の隣におったんじゃよ。

「タベスギテ、フトッチャウー」

と言いながら散歩しとったらしい。《隠れ身》を発動させながらここまで来たそうじゃ。先日一度来ただけで道を覚えるとは、賢いんじゃろな。

「ポトフはこのままことこと煮ればよしと……料理の邪魔はせんでくれよ？」

ポトフの鍋に蓋をして、マンドラゴラに注意してから、儂は蕎麦とうどんを打つ。茹でる為に用意した鍋には、湯が沸いておる。

麺を切り、さぁ茹でようと振り向いたら、マンドラゴラが茹で鍋に浸かっておった。

「イイユダナー」

器用に手を伸ばし、布を頭？　らしき葉の部分に載せとる。

「ジックリー、コトッコトー、ニーコンダー」

妙な調子で歌いながら、マンドラゴラは鍋の中で上機嫌じゃった。沸騰しとるのに……大丈夫なんじゃろか？

仕方ないのでもう一つ鍋を取り出し、湯を沸かす。

「ミズブロ？」

「違うぞ。お前さんはそっちに入っとるんじゃろ？　水風呂が欲しいならこっちの盥に入るといい」

儂は【無限収納】から盥を出し、《浄水》で水を張る。準備が整うと、鍋からマンドラゴラが飛び出して盥へドボン。

「ハァー、シミルー」

ほかほかに茹だった身体を冷ます姿は、サウナ上がりのおっさんにしか見えんかった。

声に振り返ると、クーハクートのところのメイドさんがおった。儂には目もくれず寸胴鍋を見つめとる。

「マンドラゴラの煮汁……」

「煮汁に特別な効果があるのか？」

「はい。特殊な治療薬の材料になります」

「ほほう。《鑑定》」

――マンドラゴラの成分が滲み出た汁。高濃度の魔力が作用して、毛生え薬と毛抜き薬の基礎になる。食べても害はありませんが、美味しいものではありません――

と出ておる。

「毛生え薬か……儂に必要ないのぅ。欲しいなら持っていくといい」

「ありがとうございます！　兄が悩んでいたので助かります」

「イイッテコトヨー」

腰を直角に曲げて礼をするメイドさんの頭を、マンドラゴラが撫でておる。

「代金は――」

「儂に値段は分からんからのぅ。クーハクートと相談してくれるか？　とりあえず前払い金があるから、今払わんでも大丈夫じゃよ」

「フトッパラー」

盥の中で大の字になり、手足をゆらゆらさせるマンドラゴラに火傷などは見えん。本当に風呂に入った感覚のようじゃ。

どうやってメイドさんに持ち帰らせようかと悩んでいたら、マジックバッグ持ちだから平気と胸を張られてしまったわい。それなら重さと大きさがあっても確かに大丈夫じゃな。鍋は今度返してもらえばいいじゃろ。

メイドさんは、午後から一緒にソース作りをしたい旨を伝える為に来たんじゃと。伝言を終えると、ほくほく顔で帰っていった。

儂は皆の分のうどんと蕎麦を茹で、昼ごはんを済ませる。魔野菜ポトフも作ったので汁物が多くなってしまったが、概ね好評じゃった。

つけ汁を作ろうと出した野菜とキノコには興味を示したマンドラゴラじゃが、それ以外特に動かんかった。収穫された野菜に手は出さんのかもしれん。

午後は予定通りソース作りをした。メイドさんだけでなく、クーハクート自身も訪ねてきおった。儂の評価を聞きたかったらしく、屋敷で炊いた花豆を持参しての。ついでにソースも一緒になって作るんじゃと。ここで料理を体験してから、自作するのが面白くなったらしい。料理する貴族なぞ周囲におらん、と笑っておった。

メイドさんたちには普通のレシピを教えた。儂は魔野菜を使ったソースを作る。味に違いが出るかもしれんから、この機会に試したくてな。メイドさんにソースとウスターソースを各ひと鍋任せ、儂はウスターソースを魔野菜入りと普通のをひと鍋ずつにした。

何度も一緒に料理しているから、メイドさんは手慣れたもんじゃ。細かい指示を出さんでも、儂と同じ手順をこなしてくれとる。野菜を刻んで、肉を切り、骨を折ってと料理をしながら、片付けまで済ませるんじゃ。普段からやっておらんとこうはできん。

寸胴鍋に入れた具材は煮込まれ、旨味と一緒にどろどろに溶け込んでおる。

それをザルで濾してもらっている間に、儂は香辛料を量る。使う種類と量にクーハクートすら驚いておった。カレーよりかは少ないんじゃがな。

香辛料と一緒に再び煮込んで、ソースは完成じゃ。ひと匙味見をしてもらったら、メイドさんは良い笑顔をしよる。良い頃合いなので、おやつがてらに昼ごはんの残りのうどんを焼き、ソースで味付けする。焼きうどんじゃ。

魔法の訓練をしとったルーチェとナスティがいつの間にか戻ってきておる……砂浜まで匂いが届いてしもうたか。さすがに足りんから、【無限収納】に仕舞ってあるごはんも取り出して、蕎麦めし風に仕立ててカサ増しじゃ。一食には足りとらんが、おやつなら十分じゃろ。

お土産として自作したソースを持ち帰ったクーハクートは、また白金貨を置いていきよった。香辛料の使用量を鑑みて追加したそうじゃ。

夕方、珍しくデュカクとツーンピルカが揃って訪ねてきた。デュカクはカナ＝ナ、カナ＝ワの現状報告じゃった。態度や仕事に問題はなく、非常に優秀らしい。儂の店でも同じと伝えたら、にこりと笑っておった。ついでに、若い二人の食事代にと、金貨を数枚渡された。カナ＝ナたちに直接渡すのはいろいろ憚られるんじゃと。

ツーンピルカは、小豆が見つかったとの報せを持ってきてくれた。ついでにワサビらしき物も見つかったそうじゃ。早速、明日仕入れに向かうと約束してしまったわい。

帰りがけに、二人が何か言いたげな顔をしていたので聞いてみたら、夕飯を食べたかったんじゃと。構わんと答えたら、目にも止まらぬ速さで金貨を一枚取り出しよった。随分と多いので断ろうと思ったんじゃが、余りは次回の為の先払いだそうじゃ。クーハクートのやり口を聞いたらしい。

「ツケよりかは良いが、先払いされても把握できんぞ？」

儂の言葉に二人は、

「いつでもこの味を楽しめる口実を得られるなら、金貨一枚なんて安いものです」

「カナ＝ナたちが羨ましくてね」

と答えて大いに笑っておった。

《 28 見映えの差 》

今日は店を開く日になっとる。肉、野菜、魚を仕入れるんじゃが、その前に商業ギルドへ顔を出した。昨日、ツーンピルカが教えてくれた小豆とワサビの買い出しじゃ。

小豆は小指の爪の半分ほどしかなく、ワサビは畑ワサビじゃった。

港に入荷したばかりで、取り扱う量も少なく、単価が高い。それでもいろいろ作れるから嬉しいもんじゃ。貴族に回す分以外は儂がほとんど買えたからのう。早速帰宅して試作せんとな。

帰宅後、料理を始める前にロッツァを呼んだ。が、儂が普段しない真剣な表情をしていたせいで、妙な心配をさせてしまったようじゃ。

「アサオ殿、改まってどうしたのだ？」

不安げに声をかけるロッツァは、神妙な面持ちをしておる。

「サメハダが欲しいんじゃ。悪さしとる鮫はおらんかの？」

表情を変えずに注文したら、ロッツァは長いため息ののちに、

「……それはすぐに必要なものか？」

とひと言だけ発した。

「暇な時にお願いしたいんじゃよ」

儂がにこりと答えれば、やっと緊張を解いたロッツァが表情を緩める。

「何か大事があったのかと思ったぞ。まぁ、良い。沖で暴れる輩がいたから、明日にでも狩ってこよう」

「おぉ、すまんのぅ。ありがとな、ロッツァ」

「アサオさんが真面目な顔して呼ぶからですよ～。皆、心配するじゃないですか～」

陰から様子を窺っていたナスティに叱られてしまったわい。こりゃ、反省せんといかん。

「ワサビと小豆を手に入れて、儂は舞い上がってたようじゃ。いろいろ作れるからと考えが先走ってしもうたわい。皆、すまん」

儂が頭を下げれば、ルージュとクリムが下から見上げよる。ルーチェとナスティは笑っ

ておるし、ロッツァは目を細めとる。バルバルは相変わらず震えとる。

「アヤマッタカラ、ユルスヨー」

最近、頻繁に聞く声に顔を上げると、マンドラゴラが踊っておる。

呆気にとられた儂が可笑しかったのか、皆が声を上げて笑いよった。

「さ～、準備ですよ～」

「はーい」

ナスティに促され、皆が準備に散っていく。程なくして支度が終わると、近所の奥様方が顔を見せ、今日の営業開始じゃ。

今日はカナ＝ナたちのわたあめはやっておらん。ステーキや焼き鳥、焼き魚はいつも通りじゃ。儂の作る常備菜も変わらん。普段と違うのは、トマトが多めに仕入れられたので、パスタが並んどるくらいかのぅ。あと冒険者が多く来店しとるから、ごはんものを複数出しておる。

「アサオさーん。パスタと親子丼が少ないでーす」

「こっちの煮物も減ってます」

店内を回っていたパートの奥さんが料理の残量を教えてくれるので、それに合わせて儂は新たな料理を作る。煮物は同じものを並べるが、パスタなど腹に溜まりやすい品は、少しずつ変えとるんじゃよ。トマトパスタの次は、醤油味のキノコパスタかのぅ。その次の為に魚介ソースも仕込んでおくか。

親子丼の代わりは牛丼とカツ丼じゃな。【無限収納】から出したカツをタマネギと割下で煮込み、玉子でとじる。牛丼は薄切りの肉とタマネギを甘めのタレで煮るだけじゃ。とといで水を吸わせておいた白米を竈で炊く。先に炊けた分はもう並べとる。朝の時点で冒険者が多かったから、早く仕込んでおいて正解じゃったな。

「通りまーす。牛丼出来立てでーす」

「こちらのキノコパスタも熱々ですよ」

少しだけ胴の太い奥さんと背の高い奥さんが、それぞれ大皿料理を台へ置く。途端に群がる冒険者たちじゃが、争うようなことはせず、ちゃんと順番を待ってくれるんじゃ。

以前はたまに冒険者が諍いを起こして皿をひっくり返しとった。そうすると他の冒険者に一般の客まで加わり、「帰れ」の大合唱じゃったよ。いくら腕っぷしに自信がある冒険者とて、腹を空かせた大勢に囲まれては敵わん。険しい視線と非難の言葉に武器を抜いた者もおったが、儂の《束縛》で何度か放り出したら、大人しく食べてくれるようになったというわけじゃ。

「お前の取り方だと美味そうに見えねぇな」

「なんだと！　お前だって人のこと言えんだろうが！」

額を布で覆う男と、真っ赤な紐を腕に巻く男が、それぞれの皿に盛られた料理を見比べながら言い争っておる。

儂から見ても美味そうに見えん。ただ特徴は出とるのぅ。額布の男の皿は肉料理がこれでもかと盛られとるし、赤紐男はトマトパスタ、キノコパスタ、煮物が山盛りじゃ。

「色合いとか、味の差とかを考えなさいな」

二人の後ろを歩く背の低い女性は、髪に羽根を差しておる。その皿には親子丼、南蛮漬け、焼き鳥が二本、あと漬物が隙間を空けて盛られておった。

「……美味そうだ」

額布の男が振り返り、自分の皿と見比べて呟いておる。赤紐男も頷くばかりじゃ。そのまま二人は無言で歩いて同じテーブルに行ってしまった。そこには羽根の女性が座っておった。

なんだかんだ言いつつ同じパーティを組んでおるのか。

「ウチの旦那みたい……」

儂の隣で背の高い奥さんがこぼしとる。

「盛れるだけ盛ろうとするのは、男冒険者に多いのぅ」

「……腹に入れば同じって考えなのよね」

奥さんの顔は笑っておるが、目は冷たく鋭いわい。

「目でも美味しく感じてもらえたら、作り甲斐もあるってもんじゃが――」

「そう！　アサオさんは分かってる！」

突然出された大きな声に、儂の肩が思わず跳ねる。奥さんに溜まった不満が、ふいに溢れ出してしまったようじゃ。

店内の視線が集まったので、奥さんは顔を赤くして「ホホホ」と笑いながら台所に隠れてしまった。

「いや、儂に視線を向けられてもな……」

儂は視線を無視して、一心不乱に鍋を振るのみじゃった。

《 29　魔法の座布団 》

季節が進み出した今日この頃。多少の肌寒さを感じるので、秋冬物の服を買おうかと皆で街に繰り出しておる。とはいってもロッツァ、クリム、ルージュは服を着んから、留守番じゃ。

普段、店の仕入れでお世話になっとる通りとは別の、服飾関係の店が立ち並んでおる所に来た。防具ではなく、普通の服を買いたかったんじゃが、ナスティの服は吊られておらんかった。儂とルーチェの服は、吊り下げ品で揃うが……ナスティに遠慮されると困るのう。儂らも仕立てを頼むか。

採寸を済ませ、三人分の秋冬物を頼む。四日もあれば出来上がるそうじゃ。代金は金貨五枚と銀貨八枚。ナスティは自分でも縫製ができるからと、布のまま何反も仕入れとった。習う気満々のルーチェも、一緒になって布を選んでおった。

　服の仕立てと布の大量購入のサービスか、端切れをおまけにもらえた。端切れとは思えんくらいの大きさがあるんじゃが、大人の一着分には足りないらしい。ちょっとした小物作りにどうぞ、ということみたいじゃ。

　そんな便宜を図ってくれるから、この店は流行っとるんじゃろ。ご近所さんに勧められた店なだけあるわい。

　ふと思い出したので座布団も頼んだんじゃが、よく分からんと言われてしまった。三尺四方の薄めの枕と説明したら分かってくれたようじゃ。寝具は専門外と言っておったが、親族で商っとる者がおるからやってくれるんじゃと。中綿は綿だけでなく、羊毛、山羊毛、羽毛も扱っとるらしく、それならばと掛布団まで頼んでしまったわい。

　羽毛布団と薄手の綿布団で併せて金貨十二枚。ロッツァ以外の分として五組頼んだから、金貨六十枚になってしまった。かなり高価じゃが、ここは金をかけても問題はないところじゃな。

　座布団だけは服と一緒に仕上がり、布団は十日待ちとなるそうじゃ。その間に、ロッツァの掛布団をどうにかせんと……

【無限収納】の中身を確認しながらナスティと何を作るか話しとる最中に、店員さんが前のめりで聞き耳を立てておった。何でも、手に入りにくい魔物の名前が聞こえたそうじゃ。

骨や皮、羽根を取り出して見せると、目を輝かせておる。あまり出回らない素材も含まれとるらしく、是非売ってほしいと頼まれたわい。

仕立てを頼んだ服と数反の布、それに布団五組の代金は、【無限収納（インベントリ）】に仕舞いっぱなしだった素材でかなり減額（げんがく）してもらえ、最終的に儂が支払ったのは金貨八枚じゃった。


四日後、仕立て屋に服と座布団を受け取りに行く。手直しもあるからナスティとルーチェも一緒じゃ。クリムたちはナスティが縫（ぬ）い上げたケープなどに包まって寝ておった。

ロッツァの布団も相談したんじゃが、

「我にそんなものはいらん……とはいえ、アサオ殿たちが見て寒そうなら、大ぶりの毛皮を纏うとするか」

とのことじゃったので、仕立て屋に頼んでレッドベアの毛皮をなめしてもらう。

ロッツァの身体の大きさから考え、四頭分を渡したが、布団よりも遥かに時間がかかるそうじゃ。ロッツァも儂も急がんから、のんびり待つとしよう。代金も成型した残りを渡せばそれでいいらしいしの。

帰宅した儂は、座布団に少しばかり細工（さいく）を施（ほどこ）す。

誰の物か分かったほうがいいじゃろ？　コボルトにもらった宝石などが余っておるから、

それを目印に付けようと思ったんじゃよ。それぞれ好きな素材や色を選んでもらったが、見事に分かれてくれたからありがたいわい。

ルーチェ、ナスティが宝石を、クリムは骨、ルージュは羽根を選びよった。ロッツァは先日自分で獲ってきた貝に入っておった真珠じゃ。儂とバルバルは木材にしとる。

「じいじ、それなに？」

「座布団じゃよ？」

座ったままぷかぷか宙に浮く儂を、ルーチェが見上げとる。面白いかと思って《浮遊》を付与してみたんじゃが、ルーチェとクリムとルージュからの熱を帯びたような期待の眼差しが、ひしひしと伝わってくるぞ。全員が儂……いや、座布団から視線を外さん。

「皆の分も――」

「おねがい！」

儂が言い終わる前にルーチェから頼まれた。クリムとルージュも頷いておる。

皆の分にも付与し終えると、そこかしこに座布団が浮くことになりおった。

「面白いですね～」

ナスティはのんびりした口調のまま、ゆっくり庭先を浮いて動いとった。バルバルはそこそこの速さで回っとる。

ロッツァは顎の下に座布団を仕込んで、日向ぼっこの真っ只中じゃ。

クリムとルージュは宙で正面衝突を起こしとるが、それが面白いらしく笑っておる。

「プカプカー」

何故かマンドラゴラも浮いておった。ただ、こやつはいつものマンドラゴラではないな。

儂は鑑定結果を思わず二度見してしまった。

「何しとるんじゃ。神様が降りてきちゃダメじゃろ」

「え⁉　バレてる？　なんで？」

マンドラゴラに扮しておるのは、風の女神じゃ。

「儂の状態異常耐性のせいじゃろな。でもマンドラゴラには見えとるぞ？」

「私の変身も見抜くって何よ！」

マンドラゴラの姿をした風の女神が憤っておる。

「イスリールからもらったスキルじゃから、儂に言われてものぅ」

「……だって、料理が来ないんだもの……なら来るしかないじゃない！　だから来たのよ！」

蚊の鳴くような小さな声で呟いておったのに、終いには叫んでおる。しかし、降りてきた理由が料理とは……喜んでいいのか、嘆いたほうがいいのか、悩むところじゃよ。

「マンドラゴラは料理を食べんから、その姿じゃ結局食べられんじゃろ」

儂からの指摘に驚きを隠せない女神は、目を見開いておる。マンドラゴラのゴマ粒のような目でも、真ん丸にできるんじゃな。

「ぼ、ぼ、ぼ、冒険者にもなれるし」

挙動不審なのはいつものマンドラゴラのようじゃが、奴は滑らかにしゃべるからのぅ。

「これは土産じゃ。皆で食べるんじゃぞ。あと、バレんよう気を付けて、ほどほどにな」

儂はかりんとうやどらやき、きんつばの入った手提げ籠を女神に手渡す。

「今日はこれで帰るわ！」

「イスリールにもよろしくな。また近いうちに行くと伝えてくれ」

「分かったわ」

頭の上に籠を掲げてとてとて歩くマンドラゴラは全身が弾んでおる。機嫌が良くなったのはいいが、あとで叱られんじゃろか？　先手を打っておくかのぅ。

『イスリール、あんまり怒らんでくれな』

その後、親父さんと一緒にマンドラゴラが顔を出したが、こちらは本物じゃ。

「プカプカー」

女神と変わらん反応をしておる。あの変身、実は凄かったんじゃな。

そんなマンドラゴラを見て、思わず唸る儂じゃった。

《30　お菓子の店》

「アサオさん、私でもお店ってできるかな？」

まだそれほど混雑していない店内で、少し太めの奥さんから相談された。

「ん？　何を扱うかによるが、できるじゃろ」

儂はパスタの湯切りをしながら答えるが、奥さんは上の空じゃ。そのままパスタを半分フライパンに入れ、トマトソースと和える。残る半分のパスタはオリーブオイルをまぶしてから皿に盛る。こちらはナス入りミートソースと共に出すからの。

「もっと気軽にお菓子を食べられたら良いなって思ってさ」

奥さんはそう漏らしてから、素パスタの皿とミートソースの鍋を重ねて運びよる。馴れた手つきで空いた皿をどけ、持っていったものと入れ替えておる。他の料理の残量を確認して、また戻ってきた。

「南蛮漬けが少ないです。あと、うどんが七杯しかなかったよ」

「ありがとの」

皿を流しに置きながら伝えてくれた情報で、追加する料理の素材が決まったわい。同じ南蛮漬けでは芸がないのぅ……からっと揚げて甘酢餡をかけてみるか。あとは蕎麦と天ぷらも用意じゃな。

「アサオさんのやり方なら、お砂糖を使わなくてもお菓子ってできそうだし」

「ま、そうじゃな。果物を使ったケーキは砂糖を減らして作れるし、ポテチやカボチャチップスもお菓子じゃ。ところてんもおやつになるか」

今日は甘味の日ではないから、並べたお菓子は数少ない。それでも今言ったものくらいは並べてあるんじゃ。ケーキはひと口大に切ってあるし、一人ひと切れの制限がかかっておるがの。ところてんは三杯酢で食べる者と、カラシ醤油で食べる者がおるから、味付けはしとらん。

「でも私一人じゃ大変かなぁ」

「なら家族とやるか、ご近所さんで集まってやるのはどうじゃ？」

料理の手を止めるわけにはいかんから、儂は茹で上げた蕎麦を流水で〆つつ答える。

「それに儂の店のように一日置きに開けたり、決まった日だけに開けたりと、いろいろな方法があるぞ」

どんぶりに水を切った蕎麦を盛る。のびた蕎麦は美味くないから十杯分だけじゃ。

「そっか。毎日開けなくてもいいんだね。それとアサオさんにお願いが……」

「なんじゃ？」

言葉を濁した奥さんは難しい顔をしておった。

「お菓子作りを教えてください！　あと、一緒に働く奥さんたちにも話させて！」

ぱんと手を合わせてから儂に頭を下げよる。

「構わんぞ？　昼の交代までは今のまま働いて、昼からこっちに入る感じでどうじゃ？　人手が足りそうなら料理専門になってもいいしの。勿論、働いた分のお金は払うからな」

「ありがとー！　アサオさん大好き！」

儂の即答に動じることもなく、奥さんは思いっきり抱きついてきよった。

「嬉しいのは分かるが、人目があるからやめとくれ」

「あ、ごめん。今まで通り店員をやりつつ、料理もお願いします」

儂を解放した奥さんは、三歩下がって丁寧に腰を折る。

身体を戻し、儂を見上げる奥さんの顔は晴れ晴れとしており、期待に満ちておった。

「あ、いいなー。私も習いたい」

ふいに戻ってきた背の高い奥さんも一緒になって儂を見とる。

「二人とも同じ条件でやろうな」

にこりと笑いかければ、揃って力強く頷いてくれた。

それから昼の交代まできびきび働いて、賄いも綺麗に食べた二人は、やる気に満ちたまま台所に入ったのじゃった。

昼からの営業には、お茶を主目的にした客がかなりの数おる。その為の仕込みを二人と一緒にやるつもりじゃ。他の街で何度もやった料理教室の、少人数版ってとこかのぅ。

かりんとう、ポテチ、カボチャチップスを仕込みつつ、儂は軽く干した野菜と果物をオーブンでドライフルーツに仕上げる。保存食としての干し野菜は知っとるが、甘味のように仕立てたものは知らんそうじゃ。

どうも素材ごとに決まった料理にする癖が付いておるから、儂の料理は面白いんじゃと。これは料理人、主婦に限らず言えるらしい。わざわざ肉で甘味を作ろうなどとはせんが、儂は野菜で甘味や菓子も普通に作るからのぅ。

普段から料理をしとる二人は、非常に慣れた手つきを見せてくれとる。出来上がりを知っている料理というのも関係しとるかもしれん。

根菜のチップスは塩味が基本じゃから、低価格で提供できるじゃろ。野菜自体もかなり安く仕入れられるしの。手間は薄く切ることと、揚げることとか。あと古い油を使わんことじゃな。これはかりんとうも一緒じゃから、注意せんといかんぞ。

合間合間に普通の料理の補充もしとるから、そっちも一緒に教えておる。自分の家の晩ごはんに使えると喜んでおった。ただ、儂の使う魔物肉は高価らしいから、そこは肉屋で買える物に変更するそうじゃ。

二人が一番やる気になったのは寒天じゃった。ところてん、ゼリーは勿論のこと、他の料理にもとろみ付けで利用しとるからな。

儂と一緒に二人が料理する姿を見て、他の奥さん方もやりたいと言い出したのは想像に難くないじゃろ。料理教室を開くことがない代わりに、幾人もの弟子を育てている気分じゃよ。

　結局、パートの奥さんたちは全員、給仕以外に調理場でも働くことになったのじゃった。

《 31　齧るヤツ 》

　久しぶりに街の外へ狩りに来た儂らは、街道を歩いておる。ふわふわもふもふの尻尾のような花が咲いていると、常連の冒険者が教えてくれてな。店が休みの今日に皆で行くことにしたんじゃ。

　朝ごはんを食べ終えたら、出掛ける気満々なルージュたちに急かされてのぅ。昼ごはんになりそうな料理は【無限収納】に入れてあるから、ピクニックのようなもんじゃな。

「じいじ、あれ？」

　ルーチェの指さす先にはススキが群生しておった。

「そうみたいじゃな。この辺りではススキが珍しいのか？」

「私は初めて見ますよ～」

　ナスティが興味深そうにススキを見ながら、儂に答えよった。クリムはススキの根元を右前足で叩き、ルージュは花の部分に飛びかかって遊んどる。ロッツァは地面をじっと睨みつけて動かん。その背ではバルバルが震えておった。

「何か見つけたの？」

「これは魔物だな」

ルーチェに問われたロッツァの答えに、儂は、

「《鑑定》」

と、すかさず唱えていた。ついでに《索敵》でも確認したが、赤表示はされとらん。

「カレオバナって名前じゃな。この株全部で一匹のようじゃが……移動できるんじゃろか？」

「クリムやルージュのように近付いた者に種を付着させて移動するのだろう」

ロッツァに言われて二匹を見れば、身体中に白い毛を纏わりつかせておった。

「害はなさそうか。ただ、あの子らの身体から取り去るのは大変そうじゃな……」

儂は思わず遠い目をしたが、二匹はまだ遊んでおる。

「アーッ、カージラレター」

声に振り返ればマンドラゴラがおり、大きな花穂に齧られとった。

カレオバナとは違う魔物がおったらしく、マンドラゴラは既に頭の葉っぱが見当たらん。

儂が疑問に思っている間に、ルーチェが花穂からマンドラゴラを引っこ抜きよった。

「じいじ、捕まえたー」

「おぉ、ありがとさん」

いろいろ足りないマンドラゴラに、儂は《復活（リザレクション）》をかける。みるみるうちに葉っぱが生え出し、頭には蕾（つぼみ）が出来ておった。儂が知っとるやつにはこんなもんはなかった。別のマンドラゴラだったんじゃな。

《隠れ身》を使わん理由が気になったので一応鑑定したんじゃが、スキルを持っておらんかった。となると、親父さんのマンドラゴラが特別なのかのぅ……

「アリガトー」

マンドラゴラは儂に頭を下げる。

「あの花、危ないですね～」

ぽつりと漏らしたナスティは、やわらかモーニングスターを構えて、儂の隣から歩いていってしまう。

クリムとルージュは、花穂の届かん距離（きょり）で周囲を回っておる。ロッツァに目をやれば、そちらにも同じ花穂が群れておった。

「こやつは肉食のエノコロヒシバだ」

花穂を踏み潰しながら、ロッツァは儂に教えてくれる。

「火の魔法はダメですよ～。種が弾け飛んでしまいますからね～」

「えっ!?」

ルーチェが驚いた声を上げた時には、ルージュの唱えた《火球（ファイアーボール）》が花穂を燃やす寸前じゃった。

「こうなります〜」

散弾のように花穂から種が飛んできた。ナスティとルーチェはひょいと避け、儂は杖で打ち返す。ルージュたちは種を浴びんよう一目散に逃げ出しとる。

見た目はねこじゃらしにしか見えんが、種を飛ばす鳳仙花に近いんじゃろか？　しかし三つに割れて獲物を齧るとは……カレオバナにすら噛みついておるから、雑食っぽいのぅ。

「火がダメなら、切ってしまうか。《風刃》」

花穂を茎から切り落とす。ナスティを見れば《風刃》で根元を狙い撃ちしとる。どうやらあっちが正解のようじゃから、儂も根元を狙わんとな。

「ダンジョンで出くわした植物系の魔物は、根もなく移動しておったのぅ。これが野生の植物系魔物の普通なのか？」

「違いますよ〜。歩いたり〜走ったりするのもいますから〜。この子は根を生やして、近付いた獲物を狩るんです〜」

「いろいろおるんじゃな」

儂の疑問に、ナスティがエノコロヒシバを狩る手を止めることなく答えてくれた。足音に振り返れば、儂のすぐ後ろにロッツァがおる。

「かなりの数がいたぞ。我が踏み潰した後、クリムとルージュが刈ってくれたから、もう大丈夫だろう」

二匹は刈ったエノコロヒシバを山積みにしておる。儂らが切り倒した分も一緒に積み上げたら、街中でのロッツァくらいの高さになりよった。

「《穴掘(ディグ)》」

「じいじ、どうするの？」

積み上げられたエノコロヒシバの下を掘り、少しだけ高さの減った山に、ルーチェは首を傾げる。

「種が飛ばんように燃やすんじゃ。《炎柱(フレイムピラー)》、《火球(ファイアーボール)》、《結界(バリア)》」

ほんの少しの時間差を付けながら、儂は三つの魔法を放つ。予想通り、《結界(バリア)》を貫通するだけの威力は種になかった。

「バチバチ言ってる。すごいね」

絶えず見えない壁に種が撃ち込まれておるが、跳ね返された物は《炎柱(フレイムピラー)》で灰になったようじゃ。

「……またあれが生えてこないの？」

「その為に燃やしとるんじゃよ。灰にまですれば生えんらしい」

儂とルーチェが話しとる間に、ルージュはナスティから指導されておった。弱点を見抜いたことを褒めてもらっていたが、反撃まで考えなかったことはダメと注意されておる。

「ンー」

マンドラゴラがカレオバナの下で唸っておった。儂が近付くと、

「コレアゲルー」

頭の蕾から何かを取り出し、手渡してくれた。受け取ったソレは儂の親指くらいあった。

「タネソダテテネー。ダイジニシテネー。ジャネー」

花芽かと思っていた蕾は、なりかけの種じゃったか。言いたいことを言ったマンドラゴラは、儂が答える間もなく走り去ってしまった。

貰った種は、成長したマンドラゴラと同じで、何とも言えない表情が浮かんでおった。

《 32 鉢植え 》

エノコロヒシバを燃やしつつ、儂は手渡された種を鑑定しておる。植えればひと月ほどでマンドラゴラが生えるらしい。栄養たっぷりの土に、水を欠かさずあげること、というくらいしか説明がない。同族である親父さんのマンドラゴラに聞いてみるのが、手っ取り早いじゃろな。

「はー、あったかいねー」

種が弾けることがなくなったエノコロヒシバの周囲は、落ち葉焚きのようにほんわかしておった。

量もあるし、熱が冷めるまでまだかかりそうじゃから、儂は濡らしたボロ布に包んだサツマイモを灰の中へ放る。ボロ布と言っても、ちゃんと《清浄》をかけた綺麗な布じゃよ。

「じいじ、ここでも何か作れるの？」

「ゆっくり芋が焼けると思うんじゃ。甘くて美味しいのになってくれんかのぅ……」

期待の眼差しを儂に向けるルーチェに答えながら、更にジャガイモ、ニンジンを幾本も放っていく。皮を剥かないままのトウモロコシも一緒にの。

皆が暖まる脇で、儂は【無限収納】からいろいろ取り出す。とりあえずテーブルと椅子を並べ、焼きいもに使える調味料系はその上に。緑茶、紅茶も一式並べておけば、各自でやってくれるじゃろ。

「アサオ殿、燻製肉もお願いしたい。あと栗も焼いてもらえないか？」

珍しくロッツァが希望を口にするが、栗は弾けるからダメじゃな……いや、いけるか？燻るエノコロヒシバの端に栗を入れた中華鍋を置き、すかさず《結界》をかけてやる。あの種すら防いだんじゃ、焼き栗くらい貫通させんじゃろ。燻製肉はひと口大にして串打ちも済ませとる。念の為、かりんとうなども出しておくかの。

各自で一服してくれとる間に儂は皆から離れ、素焼きの植木鉢と、ジャミの森で集めた腐葉土を取り出す。

去っていったマンドラゴラの大きさを鑑みれば、鉢の直径は二尺もあれば十分じゃろ。

まさか、種から生まれたばかりの子のほうが、親より大きいことはないと思うしのぅ。

底石の手持ちがないがどうするか……髭を触りながら悩んでおったら、ロッツァの背で震えるバルバルに目が留（と）まった。

ふと思い出して【無限収納（インベントリ）】を調べれば、バルバルの作った木ブロックが大量に入っておる。木ブロックを取り出し、ぎゅっと握るが、崩れん。両手で持って力を込めると、すんなり割れた。

何個か大きめに割っとったら、いつの間にかバルバルが隣に来ておった。

「お前さんのブロックは面白い……この種を育てるのに使わせてもらうからな」

話しかけながら頭を撫でると、表面がふるふる波打ち、儂が割ったくらいの大きさのブロックを吐き出してくれる。

「おぉ！　形を変えられるとは、お前さん器用じゃのぅ」

儂に褒められて気を良くしたのか、次々ブロックを積んでくれおる。十個ほど作ったら、もう出せなくなったようじゃが。

「無理せんでいいんじゃよ。お前さんの食べかすを使わせてもらっとるだけなんじゃから。とりあえずこれでも食べとれ」

先日剥いて、【無限収納（インベントリ）】に仕舞ったままだった魔ジャガイモの皮を木皿に盛り、バルバルの前に置く。音もなく木皿に乗ったバルバルは、それを一心不乱に食（は）んでおる。

「さて、儂は鉢の準備じゃな」

割ったブロックを植木鉢の底に敷き、適当に掘り返した土と腐葉土を混ぜる。《結界》の近くで冷めた灰も一緒に混ぜ込む儂を、ナスティが見つけよった。

「灰も使えるんですか～？」

「良質な肥料みたいじゃから、畑に撒いたら良い効果が見込めるんじゃよ」

「へ～。迷惑な魔物なのに、使い道あったんですね～」

「無駄死ににならんのはいいことじゃろ」

「狩る意味が出来ました～」

クリムとルージュへの魔法指導の片手間に、儂と話す余裕があるんじゃから、ナスティも大概じゃよな……儂の言いたいことを察したのか、にこりと微笑まれたわい。

「適当なところで休憩をとるんじゃぞ」

「は～い。クリムとルージュを連れてきます～」

離れていくナスティを見送り、儂は植木鉢に土を込める。

ぎゅっとは押し込まず、空気を含ませるように優しくじゃ。とはいえ、ある程度の力を込めんといかんから、加減が難しいんじゃよ。

真ん中を少しだけ窪ませ、マンドラゴラの種を蒔き、上から軽く土をかぶせる。あとは水じゃが、手持ちはないのぅ。とりあえずたっぷり《浄水》で水やりをしておくか。

ジョウロはまだ買っておらんから、片手鍋に水を注ぐ。土が寄ったり、流れたりせんようにゆっくり回しかけると、ぐんぐん水を吸い込んでおる。

片手鍋一杯にあげたが、まだ土が乾いておるのはなんでじゃ？

まさかと思い植木鉢を鑑定したら、種が欲している水の量に足りてません、と出よった。水をあげたそばから吸い上げるとは……

驚く儂の隣には、魔ジャガイモの皮を食べ終えたバルバルが、木皿を持ってきておった。片手鍋に近付いとるので、植木鉢と同様に水をやったら、一滴もこぼすことなく飲み干しよる。

儂は水量を少なめにしながら、両手から《浄水》を出し続けとる。右手は植木鉢に、左手はバルバルの木皿にじゃ。

「じいじの水芸？」

かりんとうを食べ、茶をすするルーチェは、儂の状態を的確に表現して笑っておった。

《　33　焼きいも、焼き栗、焼き野菜　》

儂の水芸？　も終わり、灰の中に放っといたサツマイモを見てみると、美味しそうに焼けておった。あとから入れたジャガイモ、ニンジン、トウモロコシも良い匂いと湯気を立てておる。

中華鍋を火から外し、中を見たら栗の表面が焦げとった。何度も何度も、爆ぜては戻りを繰り返したんじゃろな。

蓋替わりにかけておいた《結界(バリア)》を解けば、甘い香りが広がった。時間も良い頃合いじゃから、昼ごはんにしてしまうかの。

「甘い匂いだねー」

「良い香りです～」

鼻から大きく息を吸い込んだルーチェとナスティは、目を細めておった。クリムとルージュは、中華鍋を覗く儂の周りをぐるぐる駆けとる。ロッツァも期待の眼差しを向けておるな。

焼けたイモらをテーブルに並べ、好きなものを各自で選ばせた。

「あっつ！　じいじ、熱いよ！」

「焼き立てなんじゃから、当たり前じゃ」

ルーチェは、右手と左手でサツマイモに宙を舞わせながら冷ましとる。

「あれだけ湯気が出てるんですから～、あっつあっつですよね～」

皿に移して、フォークでニンジンを切るナスティは、既にひと口サイズにして準備万全のようじゃ。

バリバリ小気味(こきみ)好い音に顔を向ければ、ロッツァが焼き栗を食んでいた。殻(から)も剥かずにそのままでじゃ。

ルージュはジャガイモを爪先で器用に持っており、熱いのもお構いなしなクリムはジャガイモを噛んでおる。ルージュは猫舌で、クリムはそんなことより早く食べたかったんじゃろか？

バルバルは焼き栗の殻だけを上手に溶かしている。剥かれた焼き栗はルージュが食べよる。ジャガイモは冷めるまで皿に避けておくことにしたようじゃ。

儂は焼きジャガイモに十字の切れ目を入れて、バターを載せとる。誰も手を伸ばさんトウモロコシには醤油を塗ってと……バターが絡むまでの間に燻製肉を炙り、輪切りにしたタマネギと一緒にパンで挟む。マヨネーズと胡椒を多めに振ったら、バーガーの完成じゃ。大きく口を開けて齧りつけば、二種類の辛みが程よく効き、味と香りが口いっぱいに広がりよった。少し渋めに淹れた緑茶と良く合うわい。

ふと気が付けば、甘く焼けたイモなどを食べておった皆が、儂に注目しておった。

「じいじだけズルくない？」

「我もそれが食べたいぞ」

ルーチェとロッツァの口元からは、涎がこぼれる寸前じゃった。クリムとルージュに至っては、涎も気にせずジャガバターをじっと見ておる。

「美味しいものを独り占めはダメですよ～」

儂を注意するナスティの右手では、燻製肉が炙られておった。左手には醤油の塗られたトウモロコシを持っておる。

「親父さんのマンドラゴラに用があるから、儂だけ先に帰っても平気かの？　昼ごはんはこれで足りると思うんじゃが……」

皆を代表したナスティの言葉に儂は苦笑しか出せん。

並べたそばからパンが消えていく。儂がそれを補充しながら皆に聞けば、

「大丈夫ですよ〜」

「じいじ、この灰を持って帰ればいいんでしょ？」

ナスティは頷き、ルーチェは鞄を広げて儂に見せておる。反応を見せんかったロッツァは、クリムたちの燻製肉を炙ってくれておるようじゃ。食べる物のないバルバルは儂の頭に乗っておった。

「バルバルだけ一緒にお願いします〜。アサオさんの言うことを聞くんですよ〜」

儂の頭で震えるバルバルに、ナスティが言い聞かすように話しとる……これ、伝わっとるんじゃろか？

周囲を見回しても魔物などはおらんし、冒険者も見当たらん。《索敵(レコナ)》に反応も出とらんから、問題なさそうかの。

「無益(むえき)な狩りは――」

「しないよ。食べる分だけ、美味しい魔物を狩るから。じいじは料理をお願いね」

一応注意しようかと思ったんじゃが、もう十分理解しとるルーチェに先に答えられたわい。

この場を皆に任せて、儂はひと足先に街へ戻るとした。マンドラゴラの種を植えた植木鉢は、【無限収納】に仕舞えんかったよ。生き物は仕舞えんのじゃったな……


八百屋に足を運んだが、親父さんもマンドラゴラもおらんかった。聞けば畑におるそうじゃ。土産の焼きいもとトウモロコシを嬢ちゃんに渡し、バルバルを頭に乗せた儂は畑へ向かう。植木鉢を抱えたまま歩く儂は、行き交う人らに二度見されまくりじゃ。

「オー、ナカーマ」

親父さんの畑に足を踏み入れた途端に、マンドラゴラが現れよった。儂の肩に飛び乗り、植木鉢を覗き込んでおる。

「野良のマンドラゴラに種をもらってのぅ。水やりだけで芽吹くのか？」

「ヨイツチダー。マホウノミズ、オイシイヨー」

にゅるんと伸ばした手を植木鉢に差し込むと、マンドラゴラは身体全体を揺らす。

植木鉢をそっと地面に下ろし、手のひらからほんの少しの《浄水》を出すと、気持ち良さそうに浴びよった。頭から降りたバルバルも一緒に浴びておる。

「コレコレー。イイネ」

マンドラゴラが両手で〇を作ってくれとるから、お墨付きじゃな。

「マモノノホネモオイシイヨー」

【無限収納】からいくつかの骨を見せたところ、ダシとり済みの骨がお気に召したらしい。

「チイサクシテネー」

抱えた骨を儂に手渡してそう頼んできたので、儂は木槌で割ってやった。マンドラゴラはその骨のかけらを掲げて回っておる。

「デリシャース」

いつの間にか骨のかけらは消えとった。肥料と同じように植木鉢に撒いておけば良さそうじゃ。お礼として、また砕いた骨をマンドラゴラに渡し、親父さんには焼きいもとトウモロコシじゃ。

用の済んだ儂はバルバルを頭に乗せ、家へと帰るのじゃった。

《 34　おもちゃ教室 》

「じいじ、おもちゃ少なくない？」

開店準備で料理を仕込んでいた儂に、珍しくルーチェが話しかけてきよった。自分が担当する焼き場の準備は済んでおるようで、ここからも炭が赤々と燃えておるのが見える。

「あまり作っておらんからのぅ。ルーチェが作りたいのか？」

「んーん。お店に来る子たちが作ってみたいんだって」

首を横に振ってから答えたルーチェは、少しだけ困ったような顔をしておった。店を開けん日、たまに遊んでおるんじゃと。その時にルーチェが用意するめんこや竹とんぼ、竹けん玉が大人気らしい。

作り自体は簡素（かんそ）なものじゃから、自分たちでも作れると思ったそうじゃ。やりたいと思っとるなら、体験させてやりたいのぅ。

「子供らに告知する時間が――」

「あ、大丈夫だよ。皆、今日も来るって言ってたから」

儂が断るはずないと信じてくれとるのは嬉しいが、苦笑いしかできんぞ。

「なら、三日後にやるかの。今日、明後日の間に告知できるじゃろ？　友達も誘って皆で来るといい」

「はーい。何人来てもいいの？」

「構わん。街の外で採った竹、材木屋でもらった端材（はざい）を使うから材料費もかからん。汚（よご）れてもいい服で来るだけかのぅ……あぁ、怪我するかもしれんな。親御さんには伝えさせるんじゃぞ？」

ルーチェは儂に言われたことをメモしておる。その傍（かたわ）らには、自分の身体の倍以上もある薄板を掲げるバルバルがおった。後でささっと看板に仕立てるつもりなのかもしれん。ちょっとした手伝いを頼めるバルバルは、皆の役に立っとるようじゃ。

いつも通りの営業をしたところ、ルーチェの立てた看板に人が集まっておった。老若男女を問わず見ておる。見本として置いたおもちゃを手に取って眺める者も、数人ではきかんくらいじゃった。儂やルーチェ、ナスティに参加したいと告げてから帰る者が二十人はおったぞ。

翌日はそれぞれで材料集めをやった。ルーチェとナスティが、バルバルと一緒に竹を切る為に街の外へ行き、クリムとルージュは砂浜で貝殻(かいがら)を集めてくれた。

儂は材木屋で端材の仕入れじゃ。端材を譲ってもらう代わりに、イレカンの木材を卸しとる。かなりの良品な上、樹皮を綺麗に処理してあるから高値で買ってくれたんじゃ。

ロッツァは海で素材と食材を集めてくれた。大ぶりの二枚貝や巻貝を頼んである。あと、ロッツァが知る美味しい魚なども頼んだから、今夜と明日に使えるじゃろ。

二回目の告知日も、相変らずの盛況ぶりじゃった。それぞれのテーブルで食事しとる最中も、度々(たびたび)話題にのぼっておるから、益々(ますます)参加者が増えそうじゃよ。子供が参加したくて親御さんを連れてきたり、逆に話を見聞きした親が子供を連れてきたりしておった。

刃物を使うこともあるから、看板に小刀の絵を描いておいたんじゃが、それには冒険者が反応しておった。切り出し刀のような形が珍しいのかのぅ。

おもちゃ作りの当日である今日は、朝から人がひっきりなしに訪れておる。朝一番に来た子供が、自作した竹とんぼを持ち帰って友達に自慢したんじゃと。自分も作りたいとその子が店に来て、また別の子に教えておるそうじゃ。今のところ棘が刺さるくらいで、大きな怪我をした参加者はおらん。

昼ごはんにサンドイッチ、バーガー、おにぎりを作ったんじゃが、参加しとった者たちも一緒になって食べておる。どれでも一個１００リルにしたから、気兼ねなく食べられるそうじゃ。

おもちゃはどれも人気を博しとるが、男の子にも女の子にも竹とんぼが一番人気になっておる。一緒に来た親御さんにはかるたかのぅ。儂と同じくらいの年代には竹けん玉がウケとる。

ごはんの後、一服してからおもちゃ指導を始めたら、妙に小さい子がたくさん集まっておった。小さくても作りたいのは竹とんぼらしい。今まで以上に慎重に、小刀の持ち方から教えたわい。

利き手で柄をしっかり握り、逆の手で木材を持ち、刃が滑らないように親指を添える。

こうすれば指を切るようなことは起こらん。

ただ、小さい子の握る力は弱くてな……怪我をする子が出てしまった。親御さんと一緒にやっておったが、ちょっとした不注意じゃった。木材を握る手が滑って、刃が指先を切ってしまい、大泣きしとる。

「《快癒(ヒールオール)》」

慌てるだけで止血すらできん親御さんを押しのけて、儂は魔法をかける。怪我した子は何が起こったか分からんらしく、泣き止んできょとんとしておった。

「もう痛くないじゃろ？　手が疲れてしまったようじゃから、こっちで絵を描くのはどうじゃ？」

素直に頷いた子をかるたとめんこのテーブルへ案内し、そこで絵付けをしておる冒険者に任せた。儂の魔法を見た年老(としお)いた冒険者は何か言いたそうにしておったが、呑(の)み込んでくれておる。

「ちゃんと注意するんじゃぞ。いくら怪我を治せても、痛いことに変わりはないからのぅ」

しんと静まってしまった皆に、儂はにこりと笑いながら話す。やっと我に返った親御さんはぺこぺこ頭を下げてから、冒険者と一緒に色塗りをする子供のそばへ移動した。

儂の忠告を素直に聞いたようで、皆はより一層慎重に作業をしとった。少しだけふざけていた子らも、真面目な顔で小刀を扱ってくれとる。

「アサオさんは料理人じゃないのか？」

怪我した子と一緒に絵付けをしてくれていた冒険者が、いつの間にか儂の隣に立っておった。

「儂は商人じゃ。魔法も料理も、できるからしとるだけじゃよ」

商業ギルドカードを見せながら話す儂に、冒険者は目を見開いておる。

「……普通の商人が使える魔法じゃないだろ」

「《治癒（エイド）》でもいけたかもしれんが、傷跡（きずあと）が残ったら嫌じゃろ？」

「……それにしたって《快癒（ヒールオール）》を使うかい？」

「おもちゃ作りを嫌な思い出にしてほしくないからのぅ」

絵付けをしとる子を見れば、もう笑っておる。冒険者は諦めたのか、それ以上何も言わんかった。儂とさして変わらん年のその冒険者は、また絵付けのテーブルに戻り、子供らに手ほどきをしてくれとる。

儂は手間賃代わりに、緑茶とかりんとうを差し出すのじゃった。

《　35　竹馬、竹ぽっくり　》

ナスティとルーチェが採ってきてくれた竹が思った以上に太くてな。せっかくじゃから、今日は朝から竹を弄ってておるんじゃ。おもちゃの他に食器なども作れんかのぅ。

「じいじ、これでいいの？」

ルーチェは、のこぎり片手に太い青竹の根元を節で切ってくれとる。直径で20センチを超えとるから、ここは竹ぽっくりに加工するんじゃ。高さを揃えて、紐を取り付けるだけなんじゃが、歩く感触と音が面白いんじゃよ。ただ、ウケるかは分からん。輪切りで残った青竹は……バリを取ってから輪投げにでも使うか。

指が一周するくらいの太さの部分は、足場を括り付けて竹馬じゃ。足場は紐で木端をぎゅっと縛るだけじゃが、そうそう外れんじゃろ。

出来上がった竹ぽっくりを履いて、紐を持って歩けば、ぱっこぱっこと音がしよる。少し早めに歩いたり走ったりすれば、音が大きく短く響いておった。

音のする儂の足元を興味深く見とったルージュは、一緒に作った低い竹ぽっくりを抱えておる。上手く履けんらしく、じっとナスティを見つめて、『付けて』と訴えかけておるようじゃ。

ナスティはいつもの笑顔のまま、ルージュの足に縛ってくれた。上手に履けたルージュは儂を追いかけ、ぱっこぱっこ鳴らしておる。普段は足音を立てんから、より一層面白いんじゃろうな。

ただ、衝撃が思った以上に来とるようで、何度か走ったらナスティに外してもらってし

まったわい。それでも足元から音がするのは気に入ったらしく、ルージュは儂の背中に負ぶさってご機嫌じゃった。

儂はルージュを背負ったまま、今度は竹馬に乗る。膝丈(ひざたけ)くらいの足場にしたので、いつもよりかなり視線が高くなるのぅ。

小股でちゃかちゃか歩き感覚を慣らした後、少しずつ歩幅(ほはば)を広げる。儂の肩越しに周囲を見回すルージュは、ルーチェを手伝うクリムに前足を振っておった。

儂の試運転が終われば、あとはルーチェたちが遊ぶ番じゃ。

クリムが竹ぽっくりを付けて走り回り、ルージュが追いかける。ルーチェは竹馬に乗ったが、何度も倒れておるわい。重心の取り方に慣れるまでの我慢じゃよ。

少し教えただけで、ナスティは輪切りの端材で輪投げを楽しんでおった。目標はその身を細長くしたバルバルじゃった。あれ、バルバルは楽しいんじゃろか？

そういえば、ロッツァの使える遊び道具がなかったのぅ。儂の視線に気付いたロッツァは、儂と一緒に料理を作るんじゃと。自分の希望を伝えられるからそれで十分とも言ってくれた。

ルーチェが切ってきてくれた竹の中から、一番太い物を選ぶ。儂の頼んだ通り両端の節を残した竹を、縦に真っ二つに割る。鉈(なた)の刃を立て、木槌で殴れば綺麗に割れるんじゃよ。他にも竹とんぼ用に切り出しておかんとな。

「アサオ殿、これで汁物は飲めるだろうか」

竹ぽっくりを作った余りの、節ありの端材を咥えるロッツァ。直径10センチほど、長さが20センチくらいあるから、水筒のようじゃな……

「ロッツァには、儂の作ったこっちのほうが良さそうじゃ」

儂は半分に割った大きな竹の鉢を差し出す。バリを綺麗にして、足を付けるか底を平らに均せば、すぐにでも使えるじゃろ。

「ふむ。竹の匂いが心地よいな」

気に入ってくれたようじゃな。

ロッツァの持っていた竹筒を使って、炊き込みごはんも作ってしまおうかの。

竹筒に研いだ米と昆布ダシ、キノコを入れて竈に立て掛ける。同じようにキノコの味噌汁も竹筒で仕立てる。主菜はどうするか……

「ロッツァ、魚と肉、どちらを食べたい？」

「煮た魚が食べたい気分だ」

「そうか。なら煮魚を炊くか」

クリムとロッツァが以前獲ってきた真っ赤な魚を鍋に入れ、酒、醤油、砂糖で煮つけじゃ。あと、でっぷり太ったハガツオっぽい魚も炊いてみるかのぅ。儂の知るハガツオと顔は同じで、太さが全然違うんじゃが、きっと美味いじゃろ。そろそろ頃合いになった梅干しも使ってみるか。

煮魚の匂いが広がり、遊んでいた皆の腹を刺激したのか、いつの間にやら全員が儂の周りに集まっておった。遊んでいた竹馬、竹ぽっくり、輪投げは綺麗に一つ所へまとめてある。

「手を洗って——」

「《清浄(クリーン)》」

儂が言い終わる前に、ナスティとルーチェで皆を綺麗にしとる。

時間も丁度良いので、このまま昼ごはんになった。手伝いから遊びに流れたルーチェたちの食欲は、留まるところを知らんようじゃ。竹筒炊き込みごはんを食べ尽くし、【無限収納(インベントリ)】に仕舞ってあったごはんまで食べておる。煮魚の味付けも良い塩梅(あんばい)だったようじゃな。梅のほのかな酸味(さんみ)が効いておるのかもしれん。梅干しだけを口にしたクリムとルージュは顔を顰(しか)め、少しだけむせておる。

昼ごはんを終えた儂は、梅干しを茶請(ちゃう)けに一服。

そこへ、先日おもちゃ作りをした子らが、ルーチェたちと遊ぼうと訪ねてきよった。クリムにルージュ、ロッツァも人気らしく、すぐに人だかりが出来ておる。

作ったばかりの竹馬と竹ぽっくりは、元気な子に好評を博しとる。大人しめの子は輪投げを楽しんでおる。目印……いや、標的として小さな《岩壁(ストーンウォール)》を並べたら、競(きそ)うようにやっておった。自分らで点数を付け合っておるみたいじゃ。

五本中二本を的(まと)にかけられたらおやつをあげると言ったら、全員が輪投げに集まってしまってのう。竹馬は三歩歩ければ、竹ぽっくりは良い音を出せればおやつということにして、なんとか分かれてくれたわい。

擦(かす)り傷、切り傷くらいは作っておったが、誰も泣かんし諦めん。昼から夕方までの間で、皆が竹馬に乗れるようになっておった。子供の集中力は凄いもんじゃな。

子供らを見守りながら啜(すす)る茶は、一段と美味いもんじゃった。

《 36　甘味の店は 》

今日もバイキングの営業が終わり、のんびり片付けをしながら、儂は夜ごはんを仕込んでおる。ふと庭先を見れば、先ほどまで働いていた奥さんたちが一堂に会しておった。もう夕暮れなのに、何か集まりでもあるんじゃろか？

手を止めずに蛇肉を揚げおったら、少し太めの奥さんが代表して儂のところまで来よった。

「アサオさん、次の甘味の日って決まってます？」

「いや、決めとらんよ。そろそろ麺類の日でもやろうかと思っとるくらいじゃ」

そう言うと、後ろに控(ひか)えた奥さんたちの目が輝きおる。醤油の焦げる香ばしさに反応したのか、儂の答えに対してなのか、判別が付かん。

「今度やる甘味の日、私たちが交代で料理をお手伝いしたいです」

「構わんよ……そろそろ店をやる目途(めど)が付いたんか？」

「いえ、その前に自分たちの腕を上げないと……アサオさんの補助をしてますけど、甘味はそんなに作らないじゃないですか。なら甘味の日をまたやってもらえないかなーって」

背の高い奥さんが答えてくれたら、皆が無言で頷いておる。

「ふむ。明後日を麺類の日、四日後を甘味の日にするかの」

「ありがとうございます！」

太めの奥さんは、音が聞こえるくらいの勢いで頭を下げた。

「いやいや、甘味の日にすれば喜ぶ客が多いから、気にせんでくれ。誰かが希望したらやる、くらいにしか考えておらんのじゃからな」

「ねぇ、じいじ。どうせなら、お姉さんたちに甘味任せちゃったら？」

焼き場の片付けが終わったルーチェが、冷たい緑茶を片手に儂が作る揚げ立ての蛇唐揚げをはふはふやりながら提案しよった。

「いやいやいや。私たちの店じゃないんだから、ダメでしょ」

驚いて即反応を示した背の高い奥さんじゃったが、

「普段より値段を下げて、お菓子限定にするなら良いかもしれん。儂らが手伝いや品出しをして、皆で料理すれば、良い経験になるじゃろ。先々やるなら、ここでやってみても変わらん。どうじゃ？」

儂の口車にまんまと乗せられたみたいで、少し考える素振りを見せておる。他の奥さんたちも思案顔じゃ。皆で集まって相談し始めてしまったわい。

「特別営業と案内すれば、お客も納得せんかのぅ」

「いつもと違うことが分かれば大丈夫なんじゃないですかね～」

ルーチェに次いで鉄板の手入れを終えたナスティが、儂に賛同してくれた。

「これでいいんだね」

早速看板を書き上げたルーチェは、得意気に胸を張る。看板を持っておるのはバルバルじゃった。儂が目を細めて頷けば、ルーチェも満足したように笑いよった。

「アサオさん、やってみたいです。でも、このお店と同じ形式だと難しいと思います」

「そうじゃな……食べ放題でなく、普通に売るのはどうじゃ？　量り売りでも良いし、一皿の価格を揃えた売り方なら計算が楽になるぞ。その場合は皿に盛る量を調整すればいいだけじゃからな」

同じ場所でやるからって、まるっきり同じ店をやらなきゃならん道理はないからのぅ。奥さんたちは、儂の案を黙って聞いておった。計算が楽、というところに反応した奥さんもおって、悪い案ではなさそうじゃな。

儂が唐揚げやフライを作る最中にも、奥さんたちは相談し続けておる。ただ、晩ごはんの支度などはいいんじゃろか？　家族が腹を空かせて待っておらんのかのぅ……

「あ、ごはん作ってない」

ふと外の暗がりに気付いた一人が口にしたら、皆が皆思い出したんじゃろな。夕飯を作っていないことと、自分たちもすっかり腹が減っていたことに。皆の腹で大合唱が起こっておる。奥さんたちは顔を真っ赤にしとるが、身体からの意思表示なんじゃから、仕方ないじゃろ。

「少し待っとれ。たくさん作ったから、今日はそれを持ち帰って夕飯にするといい」

「アサオさん、ありがとう！　大好き！　いくら？」

背の高い奥さんに告白されたが、

「旦那がおる奥さんに好かれてものぅ……一人５００リルももらえば十分じゃよ」

笑いながら窘めるのみじゃ。

こんもり小山を作った揚げ物の皿を持たせ、奥さんたちを帰宅させた。

それから儂らは晩ごはんにしようとしたら、一人だけ奥さんが残っておった……いや、先ほどまでいた奥さんじゃないのぅ。それに人でもないわい。

「今度は火の男神とは……何しとるんじゃ？」

「おぉ！　本当に見破られた！　風の言う通りだ。セイタロウ様はすごいな！」

少し小柄な女性の見た目のまま、男口調で話しとる。以前出会った時とは違い、若干砕けた物言いじゃ。真っ赤な瞳は変わっとらん。

「俺は男として伝わっているから、バレないように女になってみた」

男神はにかっと笑い、真っ白な歯を見せとる。

「こう頻繁に降りちゃダメじゃろ。イスリールに怒られんのか？」

「怒られてもいいからまた食べたくなった。風の自慢が羨ましくてな。ならばと、俺も覚悟を決めて来たんだ」

悪びれることもなく言い放つ男神は、清々しいまでの笑顔じゃ。

「……残る二人の神の分も土産に持たすから、三人で叱られるんじゃぞ。あ、風の女神の分も渡さんといかんか……」

「分かった」

素直に頷き、儂から受け取った揚げ物皿を抱えて帰る男神の足取りは、嬉しそうに弾んでおった。

「神様も虜にするんですね～」

「じいじだからね」

ナスティとルーチェは、男神の後ろ姿を見ながら、唐揚げを頬張っておる。他の皆も無言で頷いとる。

　男神が見えなくなってから皆で食べた晩ごはんは、いつも通り美味いもんじゃった。

《 37　お菓子修行と実地研修その一 》

　今日は甘味の日。そして、奥さんたちが主として営業する実験営業日じゃ。皆で相談した結果、一皿あたり200リルに統一しておる。砂糖や蜂蜜を使う甘味が若干少なめに、ポテチやところてんなどの砂糖を使わん菓子は気持ち多めに盛られとる。

　どの料理も、基本的に店で食べられるようにしておる。持ち帰りを希望された場合は、持参してもらった皿や鍋に移して対応じゃ。立看板にそう書いてあるから、常連組は問題なしじゃろ。一見さんには……儂の手持ちで持ち帰って、その内返却してもらえばいいか。

　今日のところは流れを覚えて、動いてみんと。持ち帰る皿や袋などを準備するのは、自分たちの店を出した時でいいと思うんじゃよ。

「皆、準備はいい？　アサオさんに習ったお菓子で、お客さんを喜ばすよ！」

「「「はい」」」

　太めの奥さんは気合十分じゃ。他の奥さん三人もやる気は漲っておるな。力が入りすぎてる気もするが……やってるうちに慣れるじゃろ。

　厨房（ちゅうぼう）に入る奥さんは全部で三人になっとる。あと一人は代金と商品のやり取りを主に行い、儂らは足りないところを補うつもりじゃ。客への商品説明や、補充までは手が回らんじゃろうから。

「これ下さい」

「ぼくはこれ」

「はーい」

小さい男の子と女の子が、それぞれ一皿ずつ奥さんに見せておる。

「ここで食べていきますか？」

「うん」

「たべるー」

子供相手にも丁寧な応対をしとる。子供らはお金を渡し、にこにこしながらテーブルへ歩いていった。ポテチとかりんとうを持っておったから、二人で分けるんじゃろな。

……飲み物並べるの忘れてたわい。

「アサオさん、飲み物お願いしまーす」

厨房におる太めの奥さんからも頼まれた。

「無料の水だけでいいか？　こっちでお金のやり取りをしていいなら、コーヒーなども用意できるんじゃが」

「無料だけでー。私たちのできる範囲にしないとダメだからー」

「分かった」

儂と話す間にも手は止めておらん。自分で気付いてその先まで考えが及んどる。これな

ら大丈夫じゃろ。あとは体力が落ちた時と、予想を超える混雑になった時にどうなるか

じゃな。

開店直後から客足が途絶(とだ)えとらん。しかし儂が手を出したのは飲み物の時だけじゃ。

ルーチェは客の老夫婦に問われてかりんとうの説明をしておったが、イマイチ足りん。

「かりっとして甘いんだよ」

老夫婦の優しい目に助けられとる。あれは孫を見る目じゃよ。

ナスティは食感や食べ方を教えておった。あとは聞かれた時に素材を伝えるくらい

じゃな。

「つるりとしたのどごしですよ～。酢醤油でも～、三杯酢でも～、ところてんは美味しい

んです～。お好きな食べ方を選んでくださいね～。そっちのゼリーも同じ海藻(かいそう)から出来て

ますよ～。でも、果実水を使ってるから甘酸(あまず)っぱいんです～」

犬耳の青年と熊耳の少女に寒天の菓子を聞かれたようじゃ。

くいくいっと袖(そで)を引かれたのでそちらを見れば、いつの間にやらルーチェがおった。

「じいじ、あのね。お茶出しちゃダメ？　かりんとうと一緒だと美味しいって教えちゃっ

たんだけど」

「ここで出すのはまずいから、持ち帰りで水筒を渡すことしかできんな。ルーチェからのおすそ分けってことにしておこうか」

儂は腰を折り、先日作った竹水筒をルーチェに渡す。

「ルーチェが淹れてあげるといい」

「はーい。じいじ、ありがとう」

老夫婦のもとへ向かうルーチェを見送り、儂は奥さんたちに連絡しておく。こっそり出したお茶を目ざとく見つける客がおるかもしれんからな。とりあえず、酒以外の飲み物なら持ち込みＯＫにするのが良さそうじゃ。

昼に差し掛かる頃、少しだけ客足が減ってきた。四人の奥さんたちには疲れが見えるのぅ。交代の奥さんたちが来るのは、昼ごはんの後になっとる。それまであと少しじゃ、頑張れ。

「甘い匂いにずっと包まれるのって、結構キツイのね……」

奥さん料理隊の一人が呟くと、

「ずっと揚げ物もなかなかキツイわよ」

また別の奥さんがこぼす。

「やってみると分かるじゃろ？　じゃから、しょっぱいお菓子も出すんじゃよ。揚げ物を担当したら、次は客の応対をするのもいいんじゃないかのう」

二人は儂の言葉に頷いておる。交代もせずにずっと同じことをするのは飽きるでな。適当なところで替わるのが一番じゃ……儂らの店でも交代したほうがいいんじゃろか？　ナスティたちに聞いてみんといかんか。

「私は大丈夫ですよ〜。適宜休んでますし〜、同じ料理だけってわけじゃないですから〜。ルーチェちゃんには聞いてあげてくださいね〜」

厨房を覗いていた儂の隣にナスティも来ておった。聞く前に答えられてしまったわい。ルーチェとロッツァに聞いてみたが、辛いとは感じとらんそうじゃ。クリムとルージュも手伝いが楽しいらしい。普段から料理する奥さんたちと、いつもは食べる専門な者の違いじゃろか……いや、ナスティは料理するのぅ。年のこ――

「違いますよ〜」

ナスティはいつもの笑みを浮かべとるが、纏う雰囲気はいつものものではなかった。口にしとらんのに伝わってしまったようじゃ……言葉にするといろいろマズい気がしたので、儂は心の中で謝るだけにしておいた。

《　38　お菓子修行と実地研修その二　》

昼ごはんの後に交代するはずじゃったが、午後から出勤の奥さんたちがすでに店に来ておる。

「待ちきれなかったのよ」

「私たちがやる店なんだもの、仕方ないわよね」

若干興奮気味に話す二人からは、軽い口調の割にやる気を感じ取れるのぅ。ただ、先に働いていた四人の顔を目にして、気を引き締めたようじゃ。

「予想より凄いわよ……あと、さっきアサオさんと話してたけど、担当箇所は絶対に交代しよう」

太めの奥さんが力説しとる。

「そんなに？」

栗色の短い髪の奥さんは、ただただ頷くだけの揚げ物担当の奥さんを、引き気味に見ておった。

「やってみりゃ分かるって。もう昼ごはんでしょ？　なら、少し早いけど交代しようよ？」

背に羽根の生えた翼人という種族の奥さんが、前掛けを身に着け、髪をひと纏めにして気合を入れておる。

「次からは交代の時、一度店を閉めるといい。休憩と情報交換をするのに丁度良いじゃろ」

「昼時に閉めて平気なの？」

太めの奥さんが口にして、翼人の奥さんは視線だけ儂に向ける。

「看板にちゃんと書いて、客に伝えれば大丈夫じゃ。儂なんぞ、しっかり休まんと疲れてしまってのぅ。それで一日置きの営業にしとるんじゃよ。店を続ける為の策じゃが、特に問題になっとらんじゃろ？」

「……なってない。でも、昼に休むなんて聞いたことないもの」

気合を入れた状態で休むのは難しいのかもしれん。翼人の奥さんは若干勝気（かちき）じゃからな。とはいえ、情報交換はしておかんと、対処に困ることがあるからのぅ。

「自分らの店なんじゃから、試すのは自由じゃよ？　あくまで儂からの提案じゃ」

「……次。次やる時にお願い。今日はこのままやってみるよ」

翼人の奥さんの意見に、太めの奥さんも頷いておる。他の奥さんたちも無言じゃが、首を縦に振っておるわい。

「いろいろ試して、自分たちに合う物を探すのも楽しいからな。頑張るんじゃぞ」

儂はそれ以上言わず、庭先へ戻り、ロッツァたちと昼ごはんにした。台所で作ってもいいんじゃが、今日はお菓子の店になっとるからな。【無限収納（インベントリ）】から取り出したものだけにしておいたわい。それでも、いろいろ仕舞ってあるから問題なしじゃ。

昼から担当の奥さんたちが、ちゃちゃっと皆の分の昼ごはんを作っておった。持ち寄ったおかずもあるようで、思った以上の品数が並んでおる。少し聞いたら、いつもの賄いまではいかなくても、いろいろ食べたかったんじゃと。それで頑張ったそうじゃ。美味しい料理は、腹だけでなくやる気も満たすからのぅ。

交代した後、暫く店が混雑することはなかった。そこその混み具合を卒なく四人で回しておる。儂らは昼前と変わらず、料理の説明などの案内をしとる。

昼前との違いは、常連客の数の差か。お茶の時間に向けて、目新しい菓子を求めるご婦人が多数来店しとる。働く奥さんたちの知り合いも多数来てくれたようじゃ。

ただ、話しとる余裕はありゃせん。

儂らで相手をしていたんじゃが、どうやら彼女らもこの店で働きたいらしい。皆が店を出すとなると、働き手が足りなくなるのが目に見えておるから、儂としてはありがたい申し出じゃった。

話をくれたのは、狸の耳と尻尾を持った奥さんと、顔がほぼ白猫な奥さんじゃ。儂は他種族でも気にしとらんから大丈夫じゃよ。そんなことを話しとったら、十代半ばくらいの褐色肌の少女も興味深そうに儂を見ておった。濃い金色の短髪に特徴的な長い耳となると、エルフかのぅ？

話を聞くと、品出しなどをする店員だけでなく、料理を習いながら働きたいそうじゃ。今すぐにでも働きたいと、前のめりで言い寄られるとは思わんかったぞ。研修期間も必要じゃから、来られる時から来てもらうかのぅ。これで奥さんたちの後釜も無事に決まりそうじゃ。

「美味しいです！」

「そうか。喜んでくれるなら、幸いじゃよ」

褐色少女は満面の笑みでホットケーキを頬張っておった。いろいろ話したら、海辺を生活域にしとる海エルフなんじゃと。最近、連れ合いと一緒に、海を渡った先の街からカタシオラへ移住してきたそうじゃ。

「その肌は日焼けなのか？」

「はい！　毎日、海行ってます！　魚、美味しいですよね！」

褐色ではなく、健康的な小麦色と言ったほうが適切なのかもしれん。

「あ、ボクは魔法も銛も使えるから、狩りで自活してます！　でも家を借りたから、お金が減っちゃって……」

「それで、働きたかったのか」

それまでの元気いっぱいな話しぶりから、少しだけしゅんとした少女は、

「はい！　美味しい物を食べるのにお金が欲しかったんです！　ここで働けるなら、作り方も学べます！」

眩しい笑顔で答えよった。

「儂らも自分たちで獲るから、似たようなもんじゃな」

「だねー」

儂の隣でゼリーを口に運ぶルーチェが、にこりと笑っておる。

「料理も自分たちでやりますからね～」

そう続けたナスティは、ドーナツを齧っとる。お菓子を気に入った少女は、二皿ほど追加して食べておった。


奥さんたちの店は、夕方に大混雑を見せよった。どうやら仕事終わりに立ち寄る客が多いらしい。店先で食べる客が減ったので、客の回転率が上がったんじゃな。ある程度余裕な顔をしていた翼人の奥さんが、慌てておる。

それでも、先に作っておいたかりんとうやポテチ、ゼリーで対応できとるようじゃ。

日が沈みきるまで客足は途絶えんかった。最後の追い込みで疲れ切った奥さんたちは、店を閉める頃にはすっかりへとへとになっとった。疲れ切った顔じゃが、笑顔を見せとるから、やりきった満足感も得とるんじゃろ。

「今日のことを忘れないうちにもう一度営業したい」

とやる気を張らせておるから、次回の営業は十日後としておいた。体力は限界でも気力十分な四人は、それでは遅いと納得しとらんな。

「明後日は通常営業をするつもりじゃし、その後は麺の日にするつもりじゃ。何より皆は今日帰ったら、いろんなところが痛くなるじゃろな。気も張っておったから、精神的な疲労も出ると思うぞ？」

儂が話す間に、ルージュが翼人の奥さんの足元へ忍(しの)び寄り、ふくらはぎをつんつんすると――

「な、何？　イタッ！　痛いーーーっ！」

恐る恐る自分の足を触る他の奥さんたちも、皆涙目じゃった。

儂の言葉に納得した奥さんたちは、儂からの《治癒(エイド)》を受けてから帰宅しよった。

《 39　メイドさんも参加するんじゃと 》

親父さんのところへ野菜の仕入れに行くと、三回に一回くらいの割合でマンドラゴラが家に来るようになった。

店休日の今日も儂と一緒に帰宅じゃよ。儂が植えた種を気にかけてくれとるみたいでな。来る度様子を見ておる。

庭の中でも家に近く、日当たりの良い場所に置いてある鉢植えに、

「ソダテヨー」

と声をかけてくれとる。鉢に手を伸ばしとるから、土の状態を確認してくれとるのかもしれん。

「デリシャース」

「いや、お前さんが食べちゃダメじゃろ」

思わずツッコミを入れてしまったが、水分や栄養は問題ないみたいじゃな。

ただ、種を蒔いてから半月くらい経つのに芽吹きもせん。ひと月くらいでマンドラゴラが生えるんじゃなかったのか？　それとも芽吹くまでがひと月なのかのぅ……

「アット、スッコシー」

マンドラゴラは妙な調子で話し、怪しげな踊りを披露しとる。

「そろそろ芽吹くのか？　それとも実るのか？」

「ハッパー」

自分の頭を両手で指しながらくるくる回っておるマンドラゴラ。

「……焦らずのんびり待っとるよ」

不思議な踊りをしつつ飛び跳ね、手足を伸ばすマンドラゴラは、殊更上機嫌じゃった。

儂の予想通り、お菓子店を営んだ奥さんたちは、昨日一日、筋肉痛でまともに動けんかったそうじゃ。営業日である今日も来ておるが、子鹿のようにぷるぷるしておる。付き添ってくれた旦那さんやお子さんに、迷惑をかけてすみませんとまで言われてしまったわい。客の迷惑になるようなことはなさそうじゃが……戦力としてアテにできんな。

そんなこんなで、先日働きたいと言ってくれた奥さんや嬢ちゃんは、早速今日から参加してくれることになったんじゃよ。先に働いていた奥さんたち同様、昼前の人と昼からの人に分かれておる。本来客として来てくれとった奥さんたちの食事代は無料にしといた。突発で頼むんじゃから、これくらいはせんとな。

海エルフの嬢ちゃんだけは、一日労働を希望しておるが、疲れ具合を見てから時間を決めるとするかの。

嬢ちゃんの名はルルナルー。普段からやっとるから、魚の下処理は完璧じゃ。ただ、野菜や肉の扱いは慣れておらんようで、少しばかり手こずっておる。それでも十分な腕前に見えるのぅ。シオンと同じように、見た目通りの年齢ではないんじゃろな。

「アサオさん、次何します？」

「ルルナルーは炒め物じゃな。儂は揚げ物じゃ」

「分っかりましたー！」

フライパンを使うのもあまり経験がないんじゃと。

普段は切った魚を直火で塩焼きしとるらしい。なので魚の焼き加減は絶妙じゃった。その為、ロッツァと一緒に焼き場を任せようと思ったものの、儂のそばで習いたいと言ってのぅ。それでフライパンを使わせておるが、上手くいっとらん。

「ほっ！　よっ！　はっ！」

魚の唐揚げに餡を絡めるのにフライパンをあおる儂を真似とるが、ルルナルーはフライパンを上手く振れとらん。

「慣れんうちに無理したらこぼすから、最初はへらで混ぜるんじゃよ。ただ、捏ね繰り回しちゃいかんぞ？　美味しさが逃げてしまうからの」

「はい！」

儂の忠告も素直に聞いてくれとる。

儂の背後に立つクーハクートのメイドさんから声がかかる。

「アサオ様、私は何をすれば？」

「……煮物を頼めるか？」

にこりと笑ったメイドさんは、野菜と肉を適当な大きさに切り出した。

奥さんたちを雇ったら、メイドさんたちが自分たちも料理修行をしたいと言い出してな……先延ばしにしてたんじゃが、更に人を増やすことを感付かれてしまったんじゃよ。クーハクートに迷惑がかかると言おうとしたところ
「クーハクート様も『是非に！』と申しておりました」

と言われてしもうてのぅ……断りきれんかった。仕方ないから、儂のそばに一人だけいてもらうことにしたんじゃ。いろいろ料理するのは儂だけじゃからな。ルーチェやナスティ、ロッツァの焼き具合も抜群じゃが、屋敷に焼き場はないからのぅ。

しかし、随分と大所帯な店になったもんじゃ。

「アサオ様、このサトイモは危険です」

皮剥きに苦戦しとるメイドさん。見れば、力いっぱいサトイモを握っておる。

「滑るから力が入ってしまうんじゃ。水気をちゃんと切って、持ち方に気を付ければそうでもないいんじゃよ？　ほれ」

頭と尻を切り落としたサトイモを、両手で優しく包むように持つ。その時、サトイモの皮を押さえながら少しずつ包丁を進ませ、親指の側面を合わせるように動かせばそうそう滑らん。こうすれば指や手を切る心配が減るんじゃよ。他の手としては、塩揉みと下茹でかのぅ。

「確かに滑りませんね」

儂の隣に立ち、同じ持ち方、包丁の使い方を実践したメイドさんは、納得したように頷いとる。力を入れすぎなければ、肩も凝らずに済むんじゃ。

「アサオさーん。出来たよー」

ルルナルーの声に振り返れば、野菜炒めが良い感じに仕上がっておった。大皿を棚から用意して置いてやれば、フライパンから滑らせて綺麗に盛り付けてくれた。すぐに店に並べてもらえば、冒険者が素早く自分の皿によそっておる。

ふと視線を庭先に向けると、全身を真っ青な鱗に覆われたリザードマンが儂を睨んでおった。誰じゃろ？

「あ、マルシュ、来たんだ。どれも美味しそうでしょ？　ボクも手伝ってるんだからね」

ルルナルーの知り合いらしい。イレカンのテッセイたちより小柄じゃが、目つきの鋭どさが半端ないぞ。リザードマンは何も話さず店の中に入ってくる。

「アサオさん、この子はボクと一緒にカタシオラに来たマルシュです。海リザードマンって言うんだよ」

「アサオ・セイタロウじゃ」

紹介されたので儂も名乗ってみたが、マルシュはペコリと頭を下げるだけじゃった。

「もー、緊張しなくて大丈夫だよ。挨拶は自分でしなきゃダメ！　はい、女は度胸！」

ビクンと肩を震わせたマルシュは、儂の胸元辺りに視線を落とすと、小さな声で、

「マルシュ……食べてもいい？」

とだけ言う。微かに聞こえる程度じゃったが、とても綺麗な声色じゃった。

「お金を払えば、マルシュも客じゃよ。食べていくか？」

するとこくりと首を縦に振り、そそくさとお金を用意しておる。マルシュは店内におる奥さんに任せて、儂は料理を再開じゃ。

「アサオさん、ごめんね。あの子ものすごい人見知りで」

「愛嬌振りまくのも、人見知りするのも、その子の特徴じゃから気にせんよ。ただ、あの

目つきは誤解されるかもしれんから注意してやるんじゃぞ」

儂が笑いながら答えれば、ルルナルーも笑ってくれた。

初めて働いた奥さんたちも問題なく動けとる。体力が続くかと心配しとったルルナルーは、一日働いても元気なもんじゃった。賄いももりもり食べておったからのぅ。

マルシュも店員として働けないかと相談されたが、それは本人次第じゃな。無理強いはしちゃいかん。変えるのも、変わるのも、本人の意思と行動次第じゃから。

儂の話を聞いたルルナルーは、相談すると言ってたから、無理矢理連れて来ることはせんじゃろ。

《 40 麺類祭りな営業日 》

今日は麺類料理だけの日じゃ。ルーチェの焼き鳥も、ロッツァの焼き魚も、本日は休みになっとる。なのでルーチェにはうどん打ちを頼んだ。儂のうどん打ちを手伝っておったからできるしの。

ロッツァに頼めることが見つからんかったので、日向ぼっこをしながら待機ということにしておいた。クリム、ルージュ、バルバルも一緒じゃ。

ナスティは焼きそばと焼きうどんを作ってくれとる。中華そばはまだ出来とらんので普通の二八蕎麦を使う、醤油味の焼きそばじゃ。

焼きうどんはソース、醤油、塩と三種類にした。ナスティの手伝いに奥さんを付け、儂の手伝いはルルナルーに頼んだ。

一番手がかかるダシ作りは昨日のうちに終えて、【無限収納（インベントリ）】へ仕舞ってある。足りない分は今日作るが、その時はルルナルーに手伝ってもらうつもりじゃ。とりあえず今は天ぷら作りじゃな。

「アサオ殿。お好み焼きはないのか？」

他の客と一緒の列に並び、何食わぬ顔で焼きそばを盛ってもらっとるクーハクートは、悪戯（いたずら）小僧の笑みを浮かべておった。周囲の「この身なりの良い爺（じい）さんは何言ってるんだ？」という目を気にも留めておらん。

「あれは麺料理と呼ぶにはちと違うからのぅ……お前さんだけを特別扱いはできんし、今日は出せんな。そのうち店に出すから、今日は我慢してくれんか？」

「そうか。なら次来る時の楽しみにしておこう。すまなかったな」

右手を軽く上げてテーブルへ行ったクーハクートは、美味しそうに焼きそばをフォークでたぐっておる。すするのは難しいようじゃ。

「アサオさん、それ私も食べられる？」

ほぼ毎回来てくれる軽装の女の子冒険者が目を輝かせとる。今は天ぷら蕎麦と焼きうどんがお盆に載っとるな。

儂が頷くと、周囲におった他の客からも歓声が上がる。

「そのうちじゃからな。次来たらあるとか思わんでくれよ」

「分かってるって。でも楽しみにするのはいいだろ？」

右眉の上から右目を跨ぐ刀傷を持つ冒険者が笑っとる。こやつも最近の常連客じゃ。

焼きそば、焼きうどん、かけ蕎麦に盛り蕎麦。天ぷらも野菜、肉、魚、キノコと多種用意したので皆、満足してくれとる。つけ汁を五種類準備したのも功を奏したかもしれんな。パスタもソースの数を揃えとるし、腹が膨れるからのぅ。

太陽が天辺を過ぎた頃、招かれざる客が来おった。

「こんな街外れの店で、私を満足させられるのかね？」

でっぷり太ったちょび髭が、店の入り口で甲高い声を上げておる。背は儂より低く、手足も短い。ぺっとり貼りついたような茶色い髪は、カツラなんじゃろか？　着ている服の質は良さそうなんじゃが、ただ着飾るだけで似合っとらん。色使いも装飾も、儂の好みから大分外れとるな。

そんな男の隣には、頭二つ分は背の高いひょろひょろのおっさんが立っておる。こちらは灰色を基調にした落ち着いた衣服を着とる。風が吹けば倒れるんじゃないかと心配したくなるほど細いのぅ。ちょび髭に栄養吸われておらんか？

「噂の店にございます。庶民の料理店ですのでご容赦を」

ひょろひょろのか細い声は、微かに儂にも聞こえた。話しっぷりと服装から察するに、貴族なのかもしれん。庭先で食べていた客たちにはしっかり聞こえたようで、冒険者に限らず女性客や年配の客までが睨んでおった。ロッツァの隣におるクーハクートだけは笑っておる……お前さんまだいたのか。

「いらっしゃい。今日は麺類ばかりの日じゃが構わんか？」

「誰に話しかけている！　私をアルファン＝デクネインと知っての無礼か！」

ちょび髭の甲高い声が店内に響きおる。ただ聞いただけで激昂されてしまったわい。

「そちらさんが誰かなんて儂は知らん。関係あるのは客かそうでないかだけじゃからな」

「なっ！　私を知らないだと！」

真っ赤になったちょび髭が儂に詰め寄る。ひょろひょろが慌てて追いかけとるから、ちょび髭は思った以上に素早いんかのぅ。

「近年、急成長を遂げるデクネイン家。その当主アルファン＝デクネイン様ですぞ！」

ひょろひょろがさっきよりは大きな声で口上を述べとる……が、知らん。

「私を知りもしない店などありえん！　食通として名を馳せているのだ！」

自分で自分を『食通』などと呼ぶ恥ずかしい輩は、やっぱり知らん。

「知らんもんは知らん。で、食べるのか食べないのか決めてくれんか？　待ってくれとるお客さんがおるんじゃ」

ちょび髭は儂を睨みつける。真っ赤に茹だった額には血管が浮き出ておった。

「もういい！　わざわざ私が食べる価値などない！」

口角泡を飛ばし、肩を震わせながら周囲を睨みつつ店を出て行ってしまった。ひょろひょろも後を追い、店から消えていった。

「待たせて済まんな。嬢ちゃんたちは１０００リルでいいぞ。店にいる皆も気分が悪かったじゃろ、あとで甘いものを出すから許してくれるか？」

ちょび髭たちのせいで待たされた女の子二人組は、笑顔で頷いてくれた。

ちょび髭たちを冷たい視線で射抜いていた客らは、儂の提案で穏やかな顔になってくれる。

「くっくっく」

にやにや笑うクーハクートが両手を叩きながら近付いてきた。

「奴があのタイガーを取り寄せた貴族だ」

「感じ悪かった」

「気分が悪いですよ～」

クーハクートの後ろには、顔を顰めたルーチェと笑顔のナスティがおった。

「……塩でも撒くか」

「塩？　もったいないよ？」

「儂の田舎では、良くないこと、招かれざる客などがあったら塩を撒いて清めるんじゃよ。呪いみたいなもんかのぅ」

ルーチェに説明すると、横で聞いていたクーハクートが吹き出して笑いよった。釣られて他の客らも笑い出す。

「確かに招かれざる客だ」

「良くないことにも違いねぇ」

厨房から出た儂は、庭へ塩を撒く。ルーチェとナスティも儂に倣い、塩を撒いてくれとる。浜辺で儂らを見ていたクリムとルージュは、儂らを真似して砂をばっさーと巻き上げる。ロッツァは魔法で砂を海へ吹き飛ばしとった。

クリムたちを見た客らは再び盛大に笑うと、各々皿に盛った料理を食べ始めた。

嫌な気分を吹き飛ばしてくれたロッツァたちに感謝しつつ、儂は皆に振る舞うお菓子を作るのじゃった。

《 41　おやつの研究会 》

バイキングが休みの今日は、奥さんたちの店で提供する料理の研究に付き合うことになった。昼前に買い出しやら用事やらを済ませ、昼ごはんを終えてから、数人の奥さんが代表して儂のところへ来とる。今日やることは、何ができて、何ができないかの確認……

あとは原価や食材の都合で取扱いが難しいものの選別じゃな。

儂が店で出していたお菓子類を台所のテーブルにひと通り並べたが、思った以上にあったわい。

とりあえず高価な砂糖と蜂蜜をたくさん使う料理はやめる予定なんじゃが、全部なくすわけにはいかん。今のところ、ホットケーキ、かりんとう、ビスケットは作るそうじゃ。餡子関係は取り扱えないこととなり、泣く泣く諦めておる。餡子は使う砂糖の量が半端ないからのぅ。ケチると美味しくならんし、仕方ないじゃろ。

奥さんたちの希望としては、砂糖を控えたジャムを利用したいらしい。となるとビスケットに混ぜたり、パウンドケーキあたりか……砂糖を減らしても、果物自体の甘さで十分ちゃんと甘味に仕立てられるじゃろ。そういえばヴァンの村で食べたクレープは、カタシオラでは見かけんな。

「ナスティ、巻きクレープを今作れたりするかの？」

「できますよ～」

砂浜でのんびり日に当たっていたナスティからは、いつも通りの声が返ってくる。空気が少し冷えておるが、日向は十分暖かいから、ちゃんと着込めば良い気分じゃろうな。

ゆっくり台所へ入ってくるナスティは、手を洗ってささっとクレープを作り始める。

「儂がタネを仕込んでいたとはいえ、手慣れたもんじゃのぅ」

「おやつとしてよく作ってましたから～」

焼けた薄い生地に刻んだ漬物を載せ、くるくる巻き上げて儂に差し出す。アツアツの塩味クレープは小腹を満たすのに丁度良いな。

「これを出来立てでお客に出すのはどうじゃ？　具材をジャムにすれば甘いお菓子になるが――」

「こうですか～？」

儂が話している間に、ナスティは焼けたクレープにブドウジャムを塗ってくるくる巻くと、儂の隣に立つ翼人の奥さんに渡す。

「小さいフライパンでやれば小ぶりにもできるし、見た目も可愛くて良いと思うんじゃ」

ぱくりとクレープにかぶりついた奥さんは、口に広がる温かい甘さに笑みをこぼす。太めの奥さんと背の高い奥さんは、物欲しそうにその姿を見とる。巻きクレープの尻からジャムが垂れそうになっとったが、既のところで気付いて舐めとった。

「こんな風に包むと良いかもしれん」

儂は焼けた円形クレープの上半分にオレンジジャムを塗り、半分に畳んでから三角に折り、太めの奥さんに手渡す。自分が後回しになったとショックを受けとる背の高い奥さんにも、すぐ渡さんといかん。ナスティもやり方を分かってくれていたので、今度はリンゴジャムを塗って渡す。

「面白いですね～。こっちのほうが可愛いと思いますよ～」

レモンジャムを塗った自分のクレープを器用に包んだナスティ。

まだ生地があるから、久しぶりにヤキモチでも作るかのぅ。モチと言っとるが、使うのは溶いた小麦粉だけなんじゃよ。なのでクレープの生地とは大分違うんじゃ……

小麦粉を水で溶いてフライパンで焼く。表裏共にこんがり焼ければそれで完成じゃ。ソースや醤油、マヨネーズなどを付けて食べる田舎のオヤツじゃよ。肉や野菜を除いた具なしのお好み焼きとも言えるな。

「アサオさん、それは？」

「ヤキモチ焼いたんじゃ」

「……誰に？」

翼人の奥さんに問われたが、そう返されると思っとったわい。

「料理の名前じゃよ。溶いた小麦粉を焼いただけの料理でな」

「ふーん」

ソースの塗られたヤキモチをひょいと摘まんで食べた奥さんは、緩む頬を押さえるのに必死みたいじゃ。素朴（そぼく）な味で、笑えるくらいぱくぱくいけるんじゃよ。

「煮物を具にしてこんな風に焼けば、『おやき』って料理になるぞ」

魔カボチャの煮付けに生地を付け、フライパンに載せる。ジューッと音を立てながら煮物が焼けていく。底面が焼けたら次の面に生地を付け、また焼くのを繰り返す。

「お菓子ではないわね」

「塩味のポテチもあるんだし、いいんじゃない？」

太めの奥さんと背の高い奥さんは、儂の焼くおやきに視線を落としておった。

「アサオさん、これってどんな煮物でもいける？」

背の高い奥さんは、儂が並べた煮物の皿を見ながら聞いてきよった。

「いけるが、葉物は難しいかもしれん。儂としてはナスの味噌煮あたりがオススメじゃ。ニンジンやタマネギなら、甘くてもしょっぱくてもいけるかのぅ」

粗めに叩いた肉と炒め煮にしたダイコンの葉を指さすのは、翼人の奥さんじゃった。

「これをおやきにできない？」

「汁気(しるけ)を切ってから、少し柔らかめにしたかりんとうの生地で包むのはどうじゃろ」

儂はボウルを置き、【無限収納(インベントリ)】から取り出したタネを見せる。球形にしてどんぶりに仕込んであってな。餡子があるから、まんじゅうにしようかと仕込んでいたんじゃ。

棒状に伸ばしてから適当な大きさに千切(ちぎ)って、ダイコンの葉を包む。あとは今までやってたおやきと同じで焼くだけじゃ。皮を薄めにすればそれほど時間もかからん。

「残った煮物を再利用する料理でな……貧乏っちいと若い子らには不評じゃったが、どうじゃろ？」

「何その贅沢な意見！　アサオさんの住んでたところって、食べることに苦労してないの？」

太めの奥さんが憤っとる。他の二人も同じように目つきが険しいわい。

「確かに苦労しとらん世代じゃな。それでも儂は好きな料理じゃし、未だに廃れとらんからの」

「これ店で出そ。家で作れるから、きっと流行るよ」

翼人の奥さんはカボチャおやきを齧っておった。

「なら私が焼きましょうか～？　鉄板の端でもできそうですし～」

儂らのやり取りを見ていたナスティはいつの間にかナス味噌煮のおやきを頬張っており、笑顔のままそう口にする。

「やりましょう！　私たちの店でもやろうね！」

背の高い奥さんの意見に、他の二人も頷いておった。

「新しいメニューですね～」

砂浜で遊んでいたルーチェたちも、いつの間にやらヤキモチをおやつで食べとる。一緒に駆け回っていた子供も数人参加しておるな。好評なようじゃが、あまり食べすぎると夕飯が入らなくなるぞ。

特別授業というか、日暮れから魔法の授業をする予定のカナ＝ナとカナ＝ワも、おやつに参加しておった。体力作りを終えて、早々に来たんじゃと。

ズッパズィートの話だと、そろそろ魔法禁止も解除されるそうじゃから、儂らの指導も終わりじゃ。なのに二人は、店で働くのを続けたいそうじゃ。自分の意思で決めたのなら儂は断らん。とりあえず今は、晩ごはんと魔法の授業の内容を決めんとな。

儂はダイコン葉おやきを頬張りながら茶をすすり、皆の笑顔を見るのじゃった。

《　42　美味しいお肉とお魚は？　》

儂がいつも通り料理をしていたら、クーハクートが客として店を訪ねてきおった。最近、常連になっとるのぅ。

「アサオ殿、美味い肉や魚に興味はないか？」

「ある！」

儂が答える前に、焼き鳥を焼いていたルーチェが答えた。

「はっはっは。良い返事だ。ならお願いしよう」

「お願い？」

ルーチェがこてんと首を傾げる。クーハクートはルーチェに振り返って説明し出した。

「そろそろヌイソンバの群れが集まる時期なのだよ。アサオ殿なら自分たちで狩ると思ってな。ついでに我が家の分も頼もうと思ったのだ」

「あ〜、そんな時期でしたね〜」

ヌイソンバが何か儂には分からん。が、ナスティは分かったようじゃ。儂らの会話に混じりながらも、鉄板のステーキは良い具合いに焼かれとった。

「そのヌイソンバってなに？」

ルーチェに刷り込まれた知識にもないようじゃ。

「真っ黒い大きな牛の魔物で、ロッツァ殿の三倍はあるぞ。生まれたばかりの赤子ですらルーチェ殿の二倍はあってな。冬前にこの辺りへ移動してきて、森の木々や草花を食い漁るのだ。害獣なので討伐依頼が出され、手の空いてる冒険者はほぼほぼ仕留めに向かう。ただ、無茶をして命を落とす冒険者も後を絶たなくてな……その分見返りは大きく、得られる素材は何もかもが高価で取引されておるよ。何より肉が美味い！」

「そんな危険な魔物を儂らに狩らせるのか？」

「いいじゃん。美味しいお肉だよ。狩らないとダメだね」

やる気張るルーチェは儂を見ながら、鼻息荒く拳を握っておる。

「あぁぁ！　焦げちゃう！」

しかし、すぐに少し焦げ始めた焼き鳥に向き直ると、焼き台で忙しなく手を動かす。

「お前さんなら冒険者に頼めるじゃろ。なんでわざわざ儂に頼むんじゃ？」

「先日来たあの馬鹿を覚えているか？」

儂を見るクーハクートは、邪な笑みを浮かべとる。

「自称『食通』の貴族様じゃな」

「うむ。奴が何かしでかそうとしとってな。先手を打って潰す為にも、アサオ殿に席を外してほしいのだ。貴族の闘争など見たくもないだろう？」

「興味ないのぅ。で、儂を遠ざけとる間に処理するのか。まったく、内情まで話して本当に仕事を頼む奴がどこにおる？」

「ここにいる！」

クーハクートが自信満々に胸を張っておった。悪びれもせんか……

「あと、美味い魚とはなんじゃ？」

「そちらも捕らえてほしいが、ヌイソンバの後だな。ひと月ほど経てば、海にわんさか訪れるのだ」

「冬の魚ですか～。となると～、ジャナガシラとイッポンガツウォですね～」

「その通り！」

手を打って威勢の良い返事をしたクーハクートが、ナスティを指さす。ナスティも頷いとるし、有名な魚なんじゃろ。今度ベタクラウにでも聞いてみるか。今はそんなことよりこっちじゃ。

「儂らが離れるなら、その間の店は――」

「はい！　やりたいです！」

　太めの奥さんが手を挙げる。料理の最中に振り上げた右手のトングには、ケチャップまみれのタマネギが付いとるぞ。やる気があって乗り気なのは分かったが、危ないのぅ。

「まだ店舗を探してる最中なの。私たちにお店貸してください！」

　背の高い奥さんも、店内で手を合わせて儂に頼み込んでくる。

「面倒事が起きたらちゃんと逃げるんじゃぞ？　クーハクートのほうでその辺りを何とかできるか？」

「任されよう。この店に悪さをされない為に動くのだからな」

　にやりと笑うクーハクートは、やはり邪悪な顔をしておった。

「ならボクもお手伝いするね。マルシュもいいかな？」

「ありがとう！」

「いえいえ、マルシュの矯正にもなるから、気にしないで」

　ルルナルーはにこりと微笑み、太めの奥さんに手を振っておる。奥さんはその手をがっしり掴み、力の限り握っとった。

　儂らがいなくても大丈夫みたいじゃな。

「で、何日くらい出掛ければいいんじゃろか」

　指を額に当てて思案したクーハクートは、

「半月……いや、十日もあれば終わる」

と真面目な顔で答えてくれた。

「数にもよりますけど～、ヌイソンバ狩りなら妥当じゃないですかね～」

ナスティがステーキをひっくり返して微笑む。

「一頭……できれば二頭……あわよくば三頭を頼む」

儂を見つめながら立てる指を増やしていったクーハクートは、最後に頭を下げた。

「どんなもんか見てみないと分からんのぅ。まぁ、美味しいなら狩ってもいいか……」

「はーい。頑張るよ！」

相変わらず焼き鳥を焼き台の上で動かしとるルーチェは、儂を見もせずに元気な声で返事しておるわい。

常連になった刀傷の冒険者にもヌイソンバのことを聞いたが、無理に抑え込んだり、正面から対峙したりしなければ、さして恐れるべき魔物ではないそうじゃ。自身を強化して突進してくるので、ちゃんと避ければいいんじゃと。下調べもせず現場に向かった駆け出し冒険者が亡くなることは、毎年あるそうじゃがな……そこは仕方ないのかもしれん。

大きさや特徴も聞けたし、問題はないかのぅ。

昼過ぎにマルとカッサンテが店の状況を確認しに来たので、奥さんたちに店を貸すことを伝えておいた。儂としては家の又貸しになるのが気になったが、金のやり取りがなければ大丈夫らしい。念の為、ギルドに戻ったら確認してくれるそうじゃ。問題なければ儂が家賃を払うからのぅ。奥さんたちには、家の管理を任せるって名目にすればいいじゃろ。

ズッパズィートも夕方に顔を見せよって、カナ＝ナとカナ＝ワの処分が解除されたことを報告してくれた。代わりに、ヌイソンバ狩りで十日ほど出掛けることを二人とデュカクに伝えてもらうよう頼んでおいた。

すると、必要ない素材は是非売ってほしいと頼まれてしまったわい。肉以外は売れるじゃろ……骨はダシとりやマンドラゴラの餌に使えるか。

ま、いらない素材と言っておったし、大丈夫じゃろ。それと儂らのあとをカナ＝ナたちが追わないよう、注意してもらうことも忘れておらん。

バイキングの営業終わりに、メイドさんへの土産として、儂がいろいろ付与した装飾品をクーハクートに渡しておいた。万が一にも怪我などせんようにな。クーハクートなら、やりすぎていらん反撃をもらうこともなさそうじゃが、念の為じゃよ。奥さんたちにも渡そうと思ったが、家族持ちに装飾品を渡すのは、いらん誤解を招くからな。店のエプロンと帽子に付与しておいた。

《 43 いってらっしゃい 》

朝ごはんを食べていたら、カナ＝ナとカナ＝ワが訪ねてきよった。ズッパズィートに話を聞いて来たんじゃと。

「連れていかんぞ？」

「大丈夫！　私たちはここで待つから！」

「……任せる」

むふーっと鼻を膨らませ胸を張るカナ＝ナと、小さく拳を握るカナ＝ワ。二人に奥さんたちの店の手伝いを頼み、《結界（バリア）》と《堅牢（スタウト）》を付与した編み紐を渡しておく。

「『いってらっしゃい』」

出掛ける儂らを、二人は元気な声で送り出してくれた。

「お土産は任せて！　美味しいお肉いっぱい持って帰るから！」

「『うん！』」

ルーチェに言われて、二人は笑顔で頷いとる。

ロッツァの曳く幌馬車（ほろばしゃ）に乗り込み、西門へ向かった。先に来た冒険者が何組も待っておったので、街の外へ出られるまでになんだかんだと時間がかかってしまったわい。クーハクートの言った通り、手隙（てすき）の者はだいぶ参加しとるようじゃ。

「ナスティさん、どの辺まで行くの？」

待つことに飽きたルーチェが、振り返り問いかけておった。

「街の近くなら冒険者はたくさんいますからね～。私たちは他の冒険者がいないところを選びましょうか～」

「ならば森の中……いや奥か」

ロッツァの言葉に、ナスティは首を横に振っておる。

「森の裏手にある原っぱに行きましょう～」

「分かった。ならば森を突っ切らず、迂回していこう」

儂が冒険者たちを眺めとる間に、目的地が決まったようじゃ。街道を外れて、森を左手に見ながら進んでおる。

「じいじ、どうしたの？」

「本当に冒険者が多いと思っての」

儂の視線の先には冒険者が二人おる。どちらも毛皮を纏っておるくらいで、他に防具らしい物を身に着けておらん。その癖、槍だけは煌びやかなもんじゃった。二人からかなり離れた後ろには、大きな荷物を背負った若い男の子と、剣を腰に下げた女の子が三人おる。

「皆、ヌイソンバ狩るのかな？」

「他の依頼もあるじゃろうから、全員が狩るとは思えんが……どうじゃろ」

ロッツァが追い越した子らに、知った顔はないのぅ。お、あの斑模様のラビは前に見たな。狸耳の冒険者がスパッと切り捨てておる。それを回収するのが狐耳の女の子か。役割分担ができとるようで、結構結構。

森を迂回する間に紅蓮ウルフ十五匹、カモフラビを七匹見かけたが、若い冒険者らでちゃんと対処できておった。

街道を逸れたのに道があるのは、冒険者が通るからなんじゃと。森の奥や、山への通い道になっとるそうじゃ。狩った魔物を運ぶ為に道は必要じゃからのう……それとも運んどるうちに道が出来たんじゃろか？

「森がなくなるよー」

ロッツァの背に跨るルーチェが、立ち上がりながら儂らへ振り返る。

「普通ならここまで来るのに～、二日はかかりますよ～」

儂の膝に頭を乗せるクリムとルージュは未だに寝ており、そしてバルバルは儂の頭の上でぷるぷるしとる。ナスティは多少驚いているようじゃが、相変わらずロッツァに移動を頼むと早いのぅ。

「そろそろ昼ごはんにせんとな」

昼食の場所を探そうと、《索敵》とマップで周囲を確認するが、大型の魔物の反応はありゃせん。何個か赤点はあるんじゃが、どれもこれも距離がある上、小さいもんじゃ。

「その先で――」

「あっぶなーい！」

声をかけたところで、ルーチェの声に正面を見れば、真っ黒い何かがロッツァの前におった。ロッツァの急旋回（きゅうせんかい）によって、黒い何かとの激突（げきとつ）は回避（かいひ）したようじゃが、儂らは馬車の中で飛んでおる。

「アサオ殿、大丈夫か⁉」

立ち止まらずにまだ駆けていたロッツァが、儂へ声をかける。馬車の後ろから黒い物体を見れば、本来のロッツァほどはある牛がおった。

「あれがヌイソンバですよ～」

馬車の中で転がりながらも、ナスティはいつもの調子で話しとる。さすがに目を覚（さ）ましたクリムとルージュは、儂にしがみついとるな。バルバルは相変わらず頭の上じゃ。

「《索敵（レコナ）》に反応なかったのは……泥棒鳥（アイフー）と同じか」

「魔物なんですけどね～」

馬車の中の儂らが体勢を立て直す間に、ルーチェがヌイソンバに怒っておった。ロッツァの背に立っておるが、それでもあっちのほうが数段大きいわい。

「飛び出したら危ないでしょー！」

我関せずのヌイソンバは、ルーチェに尻を向けたまま木の幹を齧っとる。葉擦れの音と揺れが、馬車の中におる儂にも確認できるぞ。真っ黒な身体の尻では、茶色い尻尾が五本揺れておる。尻尾一本だけでも儂の身体くらいの太さがあるのぅ。

「ルーチェ、そやつがヌイソンバみたいじゃ」

馬車から降り、儂はロッツァの隣に立つ。前にクリム、後ろにルージュ。頭にはバルバルじゃ。

「おぉ、アサオ殿、大丈夫だったか」

「ロッツァが避けてくれたから無事じゃよ。ありがとな」

「アサオさ～ん。植木鉢が転げてます～」

ナスティが馬車の中で植木鉢を抱えておった。儂と同じく盛大にこけとったが……問題ないようじゃ。覗いた植木鉢は、少しだけ土が減ってるくらいじゃな。まだ形になっとらんマンドラゴラが何かしたんじゃろか？

「もー！　話を聞けー！」

声に振り向けば、いつの間にかロッツァから降りたルーチェが、ヌイソンバの尻尾を掴んで引き摺っておった。

《 44　ヌイソンバ 》

ルーチェに引き摺られるヌイソンバは、それでも齧っとる木を離そうとせんかった。バキバキ音を立て、木が折れておる。食い意地が張っているのか、それとも抵抗しとるのか分からん。ただ、振り向きもせず、掴まれとらん他の尻尾でルーチェを振り払おうとしとるのう。

「こんにゃろ！」

ルーチェは尻尾を更に引っ張り、踏ん張るヌイソンバの後ろ足に蹴りを見舞う。痛みに振り返ったヌイソンバは、噛んでいた木を落とし、若干涙目になっとった。牛っぽい顔立ちに角が三本生えておる。じゃが、一番目を引いたのは、雄ライオンのような鬣が艶やかに光っておる様じゃった。

「でかいのぅ……」

「これは成獣ですね～。あんな風に樹木を食べ荒らすんですよ～」

ブモゥブモゥとヌイソンバが叫んでおる。ルーチェの蹴りを嫌がっとるが、どうにも効きが悪そうじゃな。ただ、ルーチェの蹴りに邪魔されて呪文を唱えられんみたいじゃ。

「食事をするつもりだったから～、準備してなかったんでしょうね～」

「《堅牢》、《強健》、《加速》」

自分を強化できないヌイソンバを尻目に、儂はロッツァへ魔法をかけていく。

「ロッツァ、ルーチェの手伝いを頼む」

「分かった」

後ろ足を蹴られ続けて涙目のヌイソンバの横っ腹に、ロッツァが体当たりをぶちかます。しかし、今のロッツァの二倍を優に超える身の丈のヌイソンバは、その体躯を少しだけ横へずらすだけじゃった。それでも痛かったようで、顔を歪ませとる。

「ロッツァ、ありがと！　もういい、お肉になっちゃえ！」

尻尾から手を離して数歩下がったルーチェは、駆けた勢いのまま、ヌイソンバの右足首を蹴り払う。それから浮いた足を抱え、捻りながら倒れ込むルーチェ。

ヌイソンバの巨体で受け身は……無理じゃよな。膝がおかしな方向へ曲がっておった。

残る三本の足にはロッツァ、クリム、ルージュが噛みついておる。クリムとルージュは足の付け根を的確に狙ったようじゃ。ロッツァは骨ごと噛み砕いてしまったらしく、口元から枯れ木のような音が聞こえとる。

「暴れられると肉が不味くなるんですよ～。なので～、なるべく急所を狙って仕留めます～」

ナスティがやわらかモーニングスターを構え、《風刃》を何発もヌイソンバへ放つ。風の刃が鬣を切り払い、首筋を傷付け、血しぶきの中を飛び交う。

動くことはおろか、立つことすらできなくなったヌイソンバは、そのまま息を引き取った。首周りは骨だけを残して切断されておる。周囲に飛び散った血も相まって、かなり凄惨な現場になってしまったわい。

「魔力が底を突きました～」

ナスティは絶え間なく《風刃》を唱えておったからのぅ。仕方ないじゃろ。

他の魔物に集まられても困るので、儂はすぐさまヌイソンバを【無限収納】に仕舞う。

「普通は二、三頭で動いてるんですけど～、はぐれたんですかね～」

ナスティに倣い、儂も周囲を見やるが、他の魔物の影も見えん。《索敵》も反応しとらんな。

儂らが見回しとる間に、クリムとルージュが《穴掘》で血だまりを片付けてくれた。

「おぉ、ありがとな。しかし、解体するのにもひと苦労しそうじゃな……」

「そうですよ～。血の匂いを嗅ぎ付けた魔物が近付いてくるんですから～」

周辺に飛び散った血を《清浄》で消し、漂う匂いを《風柱》で吹き飛ばす。

「じいじ、今の牛をいっぱい狩るの？」

「その予定じゃよ。さすがに一人一頭は無理じゃな」

「我のぶちかましで倒れん魔物は久しぶりだ。骨が折れそうだな」

言葉と違って、ロッツァは不遜な笑みを浮かべとる。

「次は休ませてもらっていいですか～？」

若干ふらついているナスティは顔色が優れん。

「皆で昼ごはんにしよう。腹が減ったし、ヌイソンバ退治までしてしまったからのぅ」

儂は【無限収納】からテーブルなどと一緒に、甘いお菓子を取り出す。疲れた時には甘い物が欲しくなるんじゃよ。

汁物を欲しがったロッツァの為に、鍋と食材も並べる。味噌仕立てのキノコ汁を希望されてな。皆の分も一緒に作るから、大きな寸胴鍋で湯を沸かし、切った具材を煮込み、味噌を溶く。さっきまで穴を掘っていたクリムとルージュは、いつの間にやら紅蓮ウルフとカモフラビを一匹ずつ狩ってきておった。《索敵(レコナ)》にちらほら見えた赤点の正体じゃな。

クリムたちの頭を撫でてから獲物を受け取り、【無限収納(インベントリ)】へ仕舞う。血抜きも解体も後回しで、今は昼ごはんじゃ。

皆と一緒にもりもり食べた昼ごはんと甘いお菓子で魔力が回復したナスティの顔色は、普段のものに近付いておった。とはいえ多少戻った程度のようじゃから、ひと休みした後の狩りは見学じゃ。ただ見るだけじゃと暇かもしれん……背後の見守りと荷物番を頼もうかの。

クリムとルージュ、ロッツァとルーチェの二組で周囲の狩りをしてもらったが、ヌイソンバは出てこんかった。小さな魔物も見つからんかったらしく、代わりにキノコや山菜をたくさん収穫してきよったので、晩ごはんは炙りキノコと山菜うどんじゃった。

《 45　牛はどこ？ 》

森の裏に広がる原っぱは、日当たりも風通しも抜群な、心地よい場所じゃった。そのおかげか分からんが、薬の原料になる薬草やキノコが多く見受けられる。マンドラゴラの煮汁から作る薬の原料もあるのぅ。メイドさんの為に集めておくか。

「じいじ、今日もヌイソンバ狩っていいの？」

「見つけたら狩って構わんぞ。ただし、昨日で分かったと思うが、一人で無理しちゃいかん。皆で安全にな」

「はーい」

玉子焼きを頬張るルーチェが素直な返事をする。両隣に座るクリムとルージュは、イワシの丸干しを頭から丸齧りしながら頷いておった。

「我もか？」

儂を見下ろすロッツァはアジの開きを四枚重ねて咥えとる。

「そうじゃな。最高速度の体当たりをぶちかませたり、急所を狙えたりする時は一人でもいいかもしれんが……まぁ、保険じゃよ」

「ですね～。この辺りにはあまり数がいないみたいですし～、皆で狩りましょう～」

ひと晩寝てすっかり体調が戻ったナスティも、儂と同じ意見みたいじゃ。

「儂はキノコや山草を集めとるから、狩りは頼んだぞ。危なそうなら帰っておいで」

「はーい」

「分かった」

朝ごはんの器を片付けていると、バルバルを頭に乗せられた。

「バルバルをお願いします～。アサオさんと一緒にいるんですよ～」

儂とバルバルに手を振り、ナスティはルーチェたちのもとへ行ってしまった。

儂は馬車の中から植木鉢を取り出し、水をあげる。頭から飛び降りたバルバルが植木鉢の隣で待っとるから、そちらにも水をかけてやる。満足したのか、三分ほどで自ら離れていった。植木鉢にも十分な水分量のようじゃ……しかし、大量に飲むもんじゃな。

「さて、お前さんの為の樹木と薬草採りに出掛けようかの」

馬車と鉢を《結界》で囲んでから、儂はバルバルと一緒に原っぱを歩き出す。儂がのんびり歩く速度と、バルバルの這う速さは同じくらいじゃった。

シュンギクのような葉っぱ、カボスに似た果実、アザミと瓜二つな花、茎、根と様々な植物を採取していく。原っぱの真ん中には、キクやセンニチコウなどの食べられる花が咲いておった。ただ、バラやゼラニウムなども咲いておるのは異世界だからか？　儂の記憶では、咲くのは夏頃なんじゃがのぅ。

バルバルは切り株に残る樹皮を溶かしとるみたいじゃ。切り株といっても、綺麗に切られとらん。魔物が押し倒したか、暴風で折れたんじゃろ。一部は根が剥き出しになっとるからの。その根も綺麗に包みながら食べておる。

「こんにゃろ！」

声の聞こえた右側に顔を向けると、藪から出てきた猿の魔物に石を投げるルーチェがおった。しゃがんで避けた猿との距離を一気に詰めたルーチェは、勢いを殺さずに背に飛び乗る。猿の胴を抱え、脇の下に自分の両踵を引っかけ、前方回転の勢いを使って猿を頭から地面に叩きつけておる。えぐい技じゃ。

「いぇい！」

「いぇいじゃないです～。中距離以上での戦い方の訓練なのに～」

猿から飛び退いて喜んでいたルーチェじゃが、ナスティに注意されて、しゅんとしおる。周囲を紫色の血で染めた猿は、クリムとルージュによって埋められとった。あの子らも随分《穴掘》を使うのに慣れたようじゃな。

「ええい！　鬱陶しい！」

ロッツァの声に顔を左へ向けたが、姿が見えん。代わりに黒い靄のようなものが10メートルほど広がっておった。靄の中から突如顔を出したロッツァは、急停止したと思ったら宙に舞い上がりよる。綺麗な月面水爆で靄の一部を潰してしまった。ずずんと腹に響く音と振動が伝わってくる。

「ロッツァさんもですよ～」

まだ残る靄に、ナスティは《火球》を放っておる。

「数が多い虫は焼くんです～。毒や麻痺などに冒されない為でもあるんですからね～」

「うぅむ。分かってはいるのだが、面倒で――」

「クリムとルージュが真似しないように～、ちゃんと教えてあげてください～」

ナスティはロッツァに注意しながら、儂が囮と思った虫を燃やしておる。火球を避けた虫もたくさんおったが、延焼に巻き込まれていっとる。焼け焦げて地面に落ちた虫は、カナブンに似た甲虫じゃった。

クリムたちの手本となるよう、ロッツァも《火球》を撃ち始めた。向かってくる虫のみを狙っておる。ただ、クリムたちはまだ《穴掘》くらいしか使えんじゃろうに……

「……儂らは採取に戻ろうかのぅ」

バルバルを抱えた儂は、森の際を馬車へと戻るよう歩き出す。木に纏わりつく蔓、フキを数倍にしたような葉などを集め、【無限収納】に仕舞う。赤や青、黒いキノコも見つけたので、今日の晩ごはんに使うかのぅ。

キノコを採り終えたので野原に戻ろうとしたら、傍らの藪ががさごそ揺れ動く。魔物が飛び出すかもしれんから、儂はバルバルを頭に乗せて一目散にその場を飛び退いた。

「お前ら……ウザイんじゃーー！」

すると、声と共に茂みが持ち上がり、緑色の何かが飛び出してきよった。

《 46　緑の王様 》

儂らの数メートル手前に躍り出た緑色の塊は、その場で素早く回転し、纏わりついてきた30センチほどの虫たちを切り刻んでしまう。

「俺様に手を出すんじゃねぇ！」

回転が収まると、蔦(つた)を身体全体に巻き付けた、儂より大きいヒト型の魔物がおった。いや、植物の魔物か？

「素直に樹液を啜ってろってんだ。何で俺様から吸おうとするかね」

胸の辺りに残っていた虫の羽根などを払い、顔を上げた蔦の魔物と、目が合ってしまったわい。

「こんにちは。お前さんは何者じゃ？　儂はヒトで、これはスライムじゃ」

こやつの言葉は分かったから、きっと会話できると思うんじゃよ。ならばまずは挨拶じゃろ？　なので儂は自分を指さした後で、バルバルのことも紹介する。

「自分から名乗るとは見どころがあるな！　俺はドリアード！　この森の主(ぬし)だ！」

「おぉ！　主様か。儂らは狩りがてら、山菜やキノコを採取しとるんじゃ。森の恵みをもらってもいいかの？」

「いいぞ！　見たところ、根こそぎ持ってってはないんだろ？　ちゃんと分かっている奴には分けてやる！　代わりと言っちゃなんだが、水をくれないか？」

「構わんよ。物々交換じゃな」

儂はカップに《浄水(ウォータ)》を注ぎ、手渡す。ドリアードはそのままあおり、喉を鳴らしながらひと息で飲み干しとる。

「ぷはーっ！　美味ぇな！」

目の前に突き出されたカップへ、再度《浄水(ウォータ)》を注ぐ。

「あ、ちょい待ち。まだ残ってやがったか！」

返されたカップを受け取ると、ドリアードは茂みに蔦を伸ばす。何かを掴んだらしく、儂らのほうへ手繰(たぐ)り寄せておる。

「樹皮を剥がされたら、皆が死んじまうじゃねぇか！」

ドリアードの胴体から無数の蔦が伸び、手繰り寄せられた鹿に突き刺さる。鹿は3メートルを超える体躯で、立派な角も持っておった。口を縛られておるから、悲鳴を上げることすらできん。

「若木も古木も見境(みさかい)なく食いやがって……あの牛も鬱陶しいけど、まずはお前があいつらの養分になりやがれ！」

蔦が刺さったまま身動きのできない鹿は、しわっしわになりながら萎(しぼ)んでいきよる。代わりにドリアードの胴体に巻きつく蔦は、黒く太く変形していっとるようじゃ。

「っうし！　こんなもんだろ。俺は皆にこれをあげに行くぜ。じゃあな」

儂から奪うようにカップを受け取り、骨と皮になった鹿を縛り上げて小脇に抱えたドリアードは、森の奥へと消えていった。儂らも歩き出そうとしたら、茂みの奥からドリアードがひょこっと顔を出す。

「仲間の匂いがするから、これ持ってけ。強くなれるぞ」

濃緑の蔦をひと抱えほど渡された。

「また会ったら水をくれな」

顔を引っ込めると、もうそこは森じゃった。擬態なのか、本当にいなくなったのか判別が付かん。

「……生木の樹皮はやめておこうか。のぅ、バルバル」

頭の上のバルバルに手を添えて伝えたが、ただただ震えとった。

その後も儂は山菜、薬草、キノコを集める。先ほどドリアードが持ち上げた茂みは、元に戻っておった。昼少し前に馬車に着いたので、儂はそのまま昼ごはんの準備に入る。

バルバルは、またブロックを生み出しておった。サイコロ型だけでなく、凸型や凹型も作る器用さを見せておる。これなら積み木として遊べるかもしれんな。

「じいじ、おなかすいたー。お昼ごはんは何？　ヌイソンバ？」

「まだ解体しとらん。あれは街に戻ってからじゃ」

お腹に手を添えたルーチェが、笑顔で儂を見上げる。ルーチェの後を追っかけてきたクリムとルージュも、真似してお腹を抱えておる。

「疲れましたね～。食べられる魔物は少ないですし～」

「うむ。魔法ばかりだと疲れが増すな」

言うほど疲れが見えんナスティとロッツァは、儂のかき混ぜる鍋が気になっとるようじゃ。キノコをダシと醤油で炊いておるからな、辺りに腹を刺激する匂いが広まっとるんじゃろ。

「あとは豚汁と、肉を焼くくらいかのぅ」

「鶏肉で！」

「我はラビ肉を希望する！」

ルーチェにクリムが、ロッツァにルージュがぴたっと寄り添い、賛成の意を示しとる。

「分かった分かった。どっちも焼くから少し待っとれ」

「やったー！」

「アサオ殿の焼く肉は、ナスティ殿のステーキとはまた違う美味さがあるのだ」

頷くロッツァの後ろには、紅蓮ウルフが二匹おったが、赤点表示はされとらん。尻尾も垂れとるし、これは恭順(きょうじゅん)するつもりなんじゃろかのぅ。

「あれはどうしたんじゃ？」

「猿に虐(いじ)められてたのを助けたんです～。それで懐かれたのかも～」

「飼(か)う？」

ナスティもルーチェも、儂の焼く肉から視線を外さず答えよる。

二匹のウルフはぶんぶん音が聞こえるくらい尻尾を振っておるが、

「飼わんぞ」

儂のひと言でまた垂れてしまった。

「……肉をやるから、それで我慢じゃ。あまり儂らに慣れると、野生に戻れなくなるからな」

本当は餌を与えるのも良くないんじゃが……儂の根負け（こんま）じゃよ。寂しそうな動物には勝てんわい。

「強く生きるんだよ」

ラビの半身（はんみ）を手渡すルーチェが、ウルフを諭（さと）しておる。ウルフたちは味付けを一切しとらんラビ肉に齧りついて、ぺろりと平らげてしまった。

食事の最中にドリアードに出会ったことを伝えたら、ロッツァとナスティの動きが止まりよる。以前ダンジョンで出くわしたノームと同じで、精霊の一種なんじゃと。本来はヒトの寄り付かない深い森に棲（す）んどるらしい。蔦をもらったことも教え、現物も見せたところ、納得したようじゃ。

昼ごはんを終え、残り物の骨などを片していたら、ウルフたちはそれも食べてから森へ帰りよった。

《 47　森で火を放つお馬鹿さん 》

「じいじ、ヌイソンバにはどの魔法が効くの？」

昼過ぎから一緒に動いとるルーチェが儂へ質問しとる。

「火魔法に弱いのぅ。ただ、森が近いから使わんぞ。燃え広がったら大変じゃからな。それに黒焦げになったら食べられんしの」

「そだね。じゃぁ、ナスティさんみたいに風でやるのが一番なんだ」

「かもしれん。暴れさせないようにスパッと切れれば最高なんじゃろな」

急所を狙えるなら《石弾（ストーンバレット）》もいけるかのぅ。いや、貫通して食べられるところもダメにしそうじゃな……

「あれは一番やっちゃいけないことだね」

ルーチェの指さす先では、白い煙が空へ上っておった。ひと筋（すじ）の煙などではなく、もくもくと上がっておるから、結構な範囲が燃えていそうじゃ。ここから炎は見えんが、これ以上延焼されるとマズイのぅ。

「魔物を狩るのに下手打ったんじゃろか……それとも倒すことに集中して、他のことへの配慮（はいりょ）が欠けたか？　……どちらにせよ消火せんといかんから、行くぞ」

「はーい」

儂はルーチェと自分に《加速(クイック)》をかけ、現場へ急行する。ほんの十数分走っただけで、ぱちぱちと爆ぜる木々や、燻る枯れ草などが目の前に広がっておった。

猿の焼死体は山ほどあったが、ヌイソンバはおらん。ラビやトレントらしき魔物は真っ黒な消し炭になっておる。かなりの高火力で一気に燃やしたようじゃな。

「《浄水(ウォータ)》」

両手から滝(たき)のように水を出すが、消しきれん。ルーチェもやってくれとるが、焼け石に水状態じゃった。

「《水砲(ウォーターガン)》、《風刃(ウィンドエッジ)》」

空に向かって二つの魔法を放ち、散らした水を雨のように降らす。儂は火災現場を走りながら、何度も何度も空へ魔法を撃つ。儂がずぶ濡れになるくらいで鎮火(ちんか)できるなら構わん。

「じいじ、あとちょっとだよ」

空からの水滴で消しきれん物陰(ものかげ)の炎を、ルーチェが消し回ってくれとる。

「ルーチェも無理するんじゃないぞ」

「大丈夫、このくらいじゃ痛くも痒(かゆ)くもないから」

にかっと笑うルーチェに《快癒(ヒールオール)》をかけて、儂はまた空へ水と風を飛ばす。

小一時間ほどかかってしまったが、無事に鎮火させられた。《索敵(レコナ)》で見える範囲には、冒険者も魔物も反応が出ておらん。やらかしたことに気付いて逃げたんじゃろか……それとも魔物同士の喧嘩かのぅ……

「びしょびしょだね」

「そうじゃな」

自分らの姿を見て、思わず笑ってしまう儂とルーチェ。その時、背後の茂みが大きく揺れ、

「どうした！」

怒声と共にドリアードが飛び出してきおった。

「森が燃えとってな。駆けつけて消したんじゃよ」

「あ？　さっきの爺さんじゃねぇか。本当のことなら有難てぇが――」

儂を睨み付けるドリアードは、殺気立っておる。

「本当なんじゃが……証明する手立てはありゃせん」

両手を上げ、首を振ることしか儂にはできん。ルーチェも儂を真似しとる。

ドリアードが儂を射抜こうと蔦を伸ばした瞬間、

「本当。火を消してくれただけ。ドリアード下がる」

目の前に金髪の女性が現れた。ただ手で払うのみ。それだけで、蔦は力を失い、地面に落ちておった。

「め、女神様！　失礼しましたー！」

慌てて数メートル飛び退るドリアード。

「とてもありがたいが、そうそう来ちゃダメと言ったじゃろ……」

「私は初めてだから平気。あれにあなたをどうにかできるとは思えないけど、万が一があったら困る」

儂に振り返り、ドリアードを指さす女性は、地の女神じゃ。琥珀色の瞳が揺れとる。

「女神様に何て口きいて――」

「黙る」

飛びかからんとイキるドリアードを、女神はひと言話す間に地面へと埋めおった。話せんように猿轡まで噛ませておる。

「私からもお礼する」

「いや、いらんよ。それよりこの火事の原因はなんじゃ？」

儂の即答に目を見開いた女神は、それでも何かを差し出した。握らされた物は、小振りなナイフじゃった。

「猿の縄張り争い。共倒れの上、森も巻き込んで大火事。危なかった」

「迷惑な猿だね」

ルーチェがぷんぷん怒っておる。ん？　女神を紹介しとらんが、知っとるのか？

「ルーチェもありがと。魔法使えるようになって何より」

「じいじたちに教わってるから」

女神は優しい眼差しをルーチェに向けとる。

「どこで知り合ったんじゃ？」

「イスリールのところだよ？　じいじのとこに来る前」

「んぅ⁉　……あー！　擬態や知識を教えてもらった時じゃな！」

「『うん』」

儂がやっと思い出せば、二人して笑いながら頷きよった。

「で、じいじ、あの人は誰？」

「昼前に出会った森の主様じゃよ。ドリアードと言う。かなり強いぞ」

「そこそこ強い」

首だけ晒しとるドリアードに、女神は辛辣な言葉を投げつける。

「セイタロウ様は私たちより上位。不敬はダメ。分かった？」

目を見開いて固まったドリアードじゃが、なんとか首を縦に振っておった。

「……じいじ、神様超えたの？」

「知らん。儂は儂じゃ」

「逆らったらごはんもらえない」

……餌付けかのぅ。女神の言葉に、思わず力が抜けた儂じゃった。

ルーチェと女神は二人して頷いておる。解放されたドリアードと女神の力で、焼けた森は草地にされた。さすがに森に戻すのは無理なんじゃと。土地に無理させると後々よろしくないそうじゃ。

誤解の解けたドリアードに《浄水》を与え、女神には菓子を……と思ったら菓子より惣菜を希望されたので、野菜の煮物や肉、魚の惣菜をたっぷり手渡した。バーガーや丼物もついでに渡すと、満足そうな笑顔で帰っていった。イスリールたちの分の菓子も持たせたんじゃから、独り占めしちゃいかんぞ。

馬車へ戻り、晩ごはんを皆でとる。その際、事のあらましを話しとったら、ルーチェが身振り手振りで実演してくれた。とりあえず皆も分かってくれたようで何よりじゃ。

《 48 空から見てみよう 》

「今日こそ、ヌイソンバを狩るよ！」

ルーチェが気合の入った宣言をしとる。朝ごはんをほぼ食べ終えた皆も頷いておった。

それもそのはずかのぅ。山火事を鎮めてから、既に三日が経っておる。山菜やラビなどの食料は集まるんじゃが、本命のヌイソンバが初日以降一頭も現れん。奥まで来すぎたんじゃろか？

「群れで移動しとるんじゃよな？」

「そうですよ～。二、三頭の小さな群れが何百と集まるんですから～」

「その割に見つからないのは何でだろ？」

首を傾げるルーチェは眉を顰め、ルージュも真似して首を傾ける。

「もっと手前で誰かが狩っとるのかのぅ……少し見てみるか」

「魔法で見られるの？」

ルーチェとルージュがキラキラした目で儂を見上げとるが、その期待には応えられん。

「いや、跳んで上から見渡すだけじゃ」

ぐっと膝を曲げ、力を込めてから、儂は空高く跳び上がる。ひとっ跳びで森の木を見下ろすぐらいにまで到達した。重力に逆らわず地に降りると、再び空へ跳ぶ。今度は更に高くまで届く。

先日の山火事現場が見えるのぅ。ふわりと着地すると、クリムとルージュが訴えかけるように儂を見ておった。

「見えんかった。もっと高くないとダメじゃな」

「アサオ殿、それならば我の上から跳んではどうだ？」

「私がじいじに投げてもらうのは？」

クリムたちを撫でてから儂が思案しとると、ロッツァとルーチェから案が出される。というより、新たな遊びのように思えるんじゃが……投げるという言葉に、クリムとルージュが期待の眼差しを向けてきおる。

「物は試しじゃ、ロッツァとやってみよう。それよりルーチェは、どう投げてもらうつもりなんじゃ？」

「え？　スライムに戻って、ぽーんとやってもらおうかなって」

満面の笑みのルーチェが、スライムの姿に変わった。

『これなら投げられるでしょ？』

ロッツァの背に乗る儂の肩に、ルーチェがちょこんと居座る。

「《堅牢》」

何を言っても引かんじゃろから、儂はルーチェとロッツァに魔法をかけておく。着地でへまする二人じゃないと思うが、儂の心の安寧の為じゃよ。

「では行くぞ」

一気に駆け出したロッツァは、勢いを殺さずに跳び上がった。儂も力を溜めていた膝を伸ばし、ルーチェを右手に空へと舞い上がる。真上に投げることだけを考えて右腕を振るったが、空中では上手く投げられんかった。それでも、ルーチェは儂が一人で跳ぶよりは遥かに高い場所までいっておる。

「うわぁぁぁ！　すっごいよー！」

儂が落ち、ルーチェが上がるので、声はどんどん遠ざかる。上空で上手いこと変身したルーチェは、周囲を見渡しておるようじゃった。

地に降りると、ロッツァに怪我は見当たらん。当然儂もじゃ。空を見れば、儂から十数秒遅れてルーチェが降ってきた。儂の腕の中に上手いこと落ちてきたから、受け止められたわい。

「じいじ、楽しかった！」

ヌイソンバを見つけたかどうかより、空高くまで行ったことの感想を眩しい笑顔で話しとる。儂の右足をクリム、左足をルージュがくいくい引っ張っておった。次は自分の番と言いたそうじゃ。

「お前さんたちを投げるのは無理じゃよ。儂と一緒に跳ぶので我慢してくれるか？」

しゃがんだ儂の背中にルージュが負ぶさり、クリムは腹側にがっしり掴まっておる。儂は二匹にも《堅牢(スタウト)》をかけてから、また空への旅をするのじゃった。

三回跳んで二匹の番は終わりじゃ……目の前には、バルバルを抱えたナスティがいつもの笑顔を見せとる。

「私もお願いできますか～？」

「ナスティさんとバルバルも家族だから。ね、じいじ」

ルーチェを味方に付けたナスティに敵うとは思っとらんよ。儂はナスティをお姫様だっこして空へ跳ぶ。ナスティたちも三回でお終いじゃ。

「空を飛べるとは思ってませんでした～。ありがとうございます。上から見るとすごいですね～」

普段よりいくらか頬を上気させたナスティは、興奮気味に話しとった。

「さて、ルーチェや、本題じゃ。ヌイソンバは見つかったか？」

「あ、うん。いたよ。燃えたところからもっと向こうにいっぱいいた」

ルーチェは森の奥を指さす。

「木が少なくて良く見えたよ」

「かなり食べてしまったんですね～。森が食べ尽くされる前に退治しましょうか～」

「だな。アサオ殿、馬車はどうする？」

ロッツァは馬車へ視線だけ向けて、儂の判断を仰いどった。

「ヌイソンバの通り道があるから馬車もいけるじゃろ。ロッツァ、頼む」

「承知した」

ロッツァの背にルーチェが立ち、儂を含めた他の面子は馬車に素早く乗る。儂らが乗り込んだのを確認したルーチェが合図を出し、ヌイソンバが木々をなぎ倒してきた森の道をロッツァが走る。《浮遊》と《結界》がかけてなかったら一大事じゃな。馬車に当たりそうな枝は、ルーチェが石を投げて始末してくれとった。鞄の中に弾を仕込んでおったようじゃ。

火事の現場を過ぎ、半刻ほど走ったら、急に森が開けよる。その先には、ロッツァと同じくらいの大きさのヌイソンバが群れておった。

《 49 牛狩り本番 》

見える範囲にヌイソンバが五頭。うち一頭が儂らを一瞥してから、また幹に齧りついた。バキバキと大きな音が立っておるが、ヌイソンバは草の茎を食むようにのんびりしとる。

「一頭ずつ相手しないと危ないですけど～、どうしますか～？」

「《泥沼(スワンプ)》と《麻痺(パラライズ)》を併用すれば大丈夫じゃろ。その後順に仕留めていけば安全だと思うんじゃよ」

「他の冒険者たちは……いないようだな」

ロッツァが周囲を見回して確認してくれとるようじゃ。その背に立つルーチェも、右手で庇(ひさし)を作って遠くを眺めとる。その頭上ではバルバルが震えておった。

「誰もいないね」

「カタシオラから遠いですからね～。それに森の奥ですもの～。持ち帰ることを考えたら来ませんよ～」

「それもそうじゃな。皆の準備がいいなら始めるぞ」

「はーい」

元気な返事と共に、ルーチェはロッツァから飛び降りる。砂埃(すなぼこり)を立てることもなく静かに着地したルーチェの両隣には、クリムとルージュが早速待機しておった。

「いっくよー」

ぐっと腰を屈(かが)めたルーチェを見て儂は、

「《泥沼(スワンプ)》、《麻痺(パラライズ)》」

ヌイソンバの足元を痺(しび)れ沼に変えていく。

「手前からですよ～、《風刃(ウィンドエッジ)》」

「てりゃ！」

ナスティの魔法に合わせてルーチェが投石を始める。ロッツァはクリムとルージュを連れて、次に相手をするヌイソンバを牽制しておった。魔法が効いておるから動けんようじゃが、万が一を起こされると危ないからのぅ。

「《束縛(バインド)》」

食んでいた草木を利用して、儂は四頭のヌイソンバを縛り上げる。麻痺の効果は切れんと思うが……念の為じゃよ。

「《風刃(ウィンドエッジ)》」

一番大きなヌイソンバが身動(みじろ)ぎしたので、沼から出とる四足の付け根を深く切り払う。

あそこなら太い血管があると思うんじゃ。どんなに強い魔物だとて、血液がなくなれば生きていけんはずじゃろ。

儂が仕込んどる間に、ナスティとルーチェがロッツァのそばへ歩き出す。ナスティは先日のようにふらついてはおらん。

二人が相手していたヌイソンバに近付くと、その目からは光が消えておった。真っ赤に染まった痺れ沼に四肢が沈んでおる。ついでにその額はぐずぐずになってしまっとる。ルーチェの投石は精度がかなり上がっておるみたいじゃ。

それを【無限収納】に仕舞ってルーチェたちを見れば、手足を引っ込め巨大な弾丸となったロッツァが、ヌイソンバの頭に正面からぶちかましておった。

ロッツァは沼に落ちず、上手いこと着地しとる。ずずんと振動が儂に伝わってきた。ロッツァの背を踏み台に、クリムとルージュがヌイソンバへ飛びかかる。頭を踏みつけ、鬣を切り裂き、首筋に爪を深々と刺しておった。二匹は首を蹴り飛ばし、沼の外へ降り立つ。その後でまたナスティの《風刃》が切り刻んでおる。

「《清浄》」

血の池のようになった沼を儂が綺麗にしとる間に、二頭目のヌイソンバが息絶えた。

「じいじ、これもう生きてないよ」

足の付け根を切り払ったヌイソンバを、ルーチェが指さしとる。

「残りは二頭じゃ」

「あ！　動いてる！　じいじの魔法に耐えるってすごいね！」

残る二頭のうち、儂らから遠いほうの小さなヌイソンバが沼から這い出ておった。痺れは残っとるようで、動きは鈍い。《鑑定》で見たところ、こいつは麻痺耐性が出来たようじゃ。しかしもう一頭には付いておらん。

クリムとルージュが頭に飛び乗り、その両耳に噛みついておる。足には沼の泥が付いとるから、触らんで正解じゃよ。

ロッツァが残る一頭の正面に立ち、睨みを利かせとる。

「こやつも動くかもしれん。早めに頼む」

ルーチェとナスティがロッツァの両隣に立ってくれた。ならば儂は這い出たヌイソンバの相手をしようかの。

「《水砲》」

沼から逃れたヌイソンバの足を水流で払う。クリムとルージュは蹲ったヌイソンバから降り、儂のもとへと戻ってきた。

「《水砲》、《圧縮》」

首筋を貫くと、ヌイソンバは頭を垂れて力なく横たわった。ヌイソンバの向こうに生えていた木まで貫通しとる。誰もいなくてよかったわい。あの木は……バルバルの餌じゃな。

ヌイソンバを【無限収納(インベントリ)】に仕舞った後、儂が貫いてしまった木も収納する。直径30センチほどの若木かと思っとったら、トレントじゃった。綺麗に眉間を撃ち抜けたので一撃じゃったのか……周囲を見回しても他にトレントはおらん。はぐれかのぅ……

「終わりましたよ～」

ナスティの言葉に振り返ると、また赤い沼に沈むヌイソンバがおった。

儂は《清浄(クリーン)》と【無限収納(インベントリ)】で後始末を済ます。

「のぅナスティ。ヌイソンバの雌(めす)はおらんのか？」

「ここには来ませんよ～。強い雄を一頭、複数の雌で囲ってるんです～。雌のほうが断然(だんぜん)強くて、大きいんですけど～、雌だけじゃ繁殖(はんしょく)できませんからね～。そこからあぶれた雄たちが～、餌と雌を求めてこの辺りに来て～、やけ食いするんですよ～」

雌のほうが強くて大きいのか。競争に敗(やぶ)れた雄ばかりが迷惑をかけるのも、何と言えばいいんじゃか……まぁ、儂らとの生存競争にも負けて食材になるんじゃから、無駄にせんように食べてやらんとな。

自分で作った沼を元に戻しながら、儂はなんとなくそう心に誓(ちか)っておった。

《 50 僻(ひが)み？ 》

昼ごはんを済ませてからは、カタシオラに向かって少し進みつつ魔物を狩っておる。ヌイソンバは群れずに一頭か二頭でおるし、他にも鹿や狸などがおった。ただ皆で協力すると、あっという間に終わってしまうわい。

「じいじ、臭い」

「ん？　汗臭かったか？」

「じいじがじゃなくて、あっちが臭いの」

服の臭いを嗅いだ儂を、ルーチェが即座に否定する。ルーチェの指さす十数メートル先には、木っ端らしきものがちらほら見える大きな塊が落ちておった。焦げ茶色した岩のようじゃが……

「……鑑定するまでもなく、ヌイソンバの糞じゃろな。醗酵させれば臭いも減るし肥料にもなるが、このままではのぅ……」

ハエなどが集っている様子もなく、乾燥しとるのかもしれん。とはいえ、臭いが漂っとる。儂の前に立つルージュが顔を背け、クリムは儂の背中に鼻先を押し付けておった。

「トレントやプラントの餌になるんですよ～。なので放置して大丈夫です～」

そう教えてくれたナスティも、鼻を摘まんでおる。

「トレントたちの食べかすが～、森の木々の養分になります～」

「そっちまで捨てるところがないんじゃな」

「はい～。でも～、ヌイソンバを間引かないと森が死にますので～、私たちが美味しく食べるんです〜」

何もかもを使い切れるなら、狩る意味も十分じゃ。しかも別のところで繁殖しとるなら、絶滅させることもないじゃろ。ただ、臭いだけは風と《清浄》で飛ばすぞ。臭いが軽くなった間に、儂らは通り過ぎたのじゃった。

日が暮れ出すと、獰猛な獣が多くなってきた。

何度か真っ黒い虎が樹上から飛びかかってきよる。ルーチェの跳び上がりアッパーで軽く伸されておったがのぅ。

一度だけ出てきた番いの熊は、誰にやられたのかボロボロじゃった。儂らを襲うこともなく、森の奥へと逃げていきよった。

獣の悲鳴に振り返ると、紅蓮ウルフ二匹を睨みつけるヌイソンバが鼻息荒く立っていた。

「相手がいる魔物は敵と見てるんでしょうね〜」

生温かい視線をヌイソンバに送りながらも、ナスティは微笑んでおった。

「嫉妬に狂う雄か……哀れだな」

悟った顔のロッツァも、憐みの目を向けておる。

一匹の紅蓮ウルフが顔を振って儂らを見つけると、鳴き声を上げる。それからヌイソンバの左右に分かれ、森の中に消えていった。目の前の標的が消えたヌイソンバは儂を凝視しておる。

視線を外さず、そのまま睨み合っておったら、先ほどのウルフ二匹が儂の両隣に戻ってきよった。《索敵（レコナ）》とマップで確認したら、先日餌を与えた子らと分かった。

「ブモォォッォォォォウ！！！！」

ヌイソンバはその身体を二倍ほどに膨らませ、耳を劈（つんざ）く怒声を張り上げた。目が真っ赤に血走り、濁り切っていく。儂も使う《加速（クイック）》や《堅牢（スタウト）》、《強健（ハーディ）》などが次々上掛けされとる。

儂も皆に、ありったけの支援（しえん）を施す。

「本気みたいじゃな」

「我が受け止めよう」

ヌイソンバの踏み込みと同時にロッツァが跳び出す。元の大きさに戻ったロッツァが、その三倍はあるヌイソンバを受け止める。

ロッツァと額を突き合わせたヌイソンバの後ろ足は、地面にめり込んでおった。

「ロッツァ、そのまま待ってて！」

ルーチェがクリムとルージュを連れて駆け出し、両手に嵌（は）めたグラブでヌイソンバの右前足の膝を打ち抜く。崩れかかりつつ踏ん張るその足を、ルーチェは殴り蹴り飛ばす。クリムは右後ろ足を爪で切り裂き、ルージュは脛（すね）の辺りに噛み付いておる。

右に傾（かし）いだヌイソンバは、ロッツァの横に倒れてくる。ルーチェたちはそれに潰される

ことなく、既に退いておった。

「《風刃》」

不規則に宙で揺れる足を、ナスティは的確に狙い撃っておる。

「バフゥゥッウォォォォォウ！！！！」

四足を傷付けられても、儂の目の前で立ち上がるヌイソンバ。相変わらずその目は濁っておった。

その時、茂みが大きく揺れ、真っ黒い虎が飛び出してきよる。弱ったヌイソンバを横取りしようとしていたようじゃが……甘いのぅ。宙を駆って横っ腹に飛びかかった虎じゃが、ヌイソンバの漆黒の角で貫かれておった。頭が大きく振られ、虎が打ち捨てられる。

「《強健》、《堅牢》、《加速》」

ヌイソンバは儂の目前に迫っておった。かち上げようと頭を下げたヌイソンバを、儂はひらりと躱し、右の角を掴んで力いっぱい引く。

「《水砲》、《圧縮》」

体勢を崩して倒れたヌイソンバの首を、儂は背中側から撃ち抜いた。

濁った目を見開き、びくんびくんと痙攣するヌイソンバの首に開いた穴からは、とめどなく命の証が流れておった。

「ふー。強かったのぅ」

衣服の埃（ほこり）を払い、帽子を被り直す儂に、ルーチェが近寄ってきた。

「じいじ、どうやって倒したの？」

「勢いを利用してこかしただけじゃよ」

「私にもできる？」

ルーチェの頭を優しく撫で、儂は頷く。

斃（たお）したヌイソンバは、魔法が解けたらしく、普通の大きさに戻っておった。それを【無限収納（インベントリ）】へ仕舞うと日が暮れてしまった。

紅蓮ウルフたちに《治癒（エイド）》をかけてから、晩ごはんにする。二度も助けたからか、《索敵（レコナ）》ではもう仲間として表示されとる。なので雄の右前足に革の腕輪、雌の左前足に蔓の腕輪を嵌めてやった。とりあえず番犬がわりに……いや、クリムたちだけで十分じゃな。まぁ、ペットにしてもいいじゃろ。ドリアードに預けて、手伝いをさせてもいいしのう。

そのウルフ二匹は、ヌイソンバに屠（ほふ）られた虎を食べておった。儂が斃（たお）した魔物でもないからいいんじゃが、ロッツァに聞いたところ、

「強い魔物を食べると強くなる」

だそうじゃ。ルーチェのような吸収能力を持っていなくても、徐々に強くなるんじゃと。なので、虎を食べるのをやめさせんでもよさそうじゃな。儂らは食べんし、素材も取れそ

うにないから、埋めるだけじゃし。

《 51 キノコで朝ごはん 》

嫉妬に狂ったヌイソンバを退治してから一夜明けた今朝は、少しだけ肌寒い森の中で目覚めた。そろそろ《結界》と薄手の毛布ではいかんかもしれん。ただ、森の空気が清々しいのぅ。

ベッドから降り、日課のラジオ体操をしとると、クリムとルージュが真似しておった。身体の造りが違うからできん動きもあるでな。無理しちゃいかんぞ。

身体が温まり軽く汗もかけたので、《浄水》と《加熱》で作った温タオルを使って身綺麗にする。顔を洗うのと、歯磨きに加え、身体を拭くのも自分でやらんとな。

視線を感じたので顔を向ければ、紅蓮ウルフがおすわりしたまま儂を観察しておった。昨夜の虎は綺麗に食べきっており、骨しか残っとらん。儂が身体を拭く様を、クリムたちと一緒に目で追いかけておる。揺れるタオルを追うのが正しいのかもしれん。

「おもちゃじゃないぞ。これで遊んどれ。儂は朝ごはんの支度じゃ」

バルバルが作った直径10センチほどの木球を【無限収納】から取り出し、四匹の真ん中へ放る。ひと呼吸早く跳び上がったクリムが、上手いことキャッチしとった。ルージュは掠め取ろうと着地を狙っておる。そうはさせじと紅蓮ウルフに木球を投げ飛ばすクリム。

速すぎてウルフたちが避けたので、球はてんてんとベッドまで転がっていきおった。

儂は大きめの岩を数個並べてささっと竈を作り、ごはんを炊く。川辺ならロッツァあたりに魚を獲ってもらうが、この近辺にはないからのぅ。【無限収納】から取り出して焼くか。ハラワタを取り除いて串打ちした魚に塩を振り、竈の傍らへ斜めに立てる。あとは味噌汁くらいでいいじゃろ……いや、先日採ったキノコも焼こう。結局食べ忘れとるからな。

「朝からアオイダケですか〜。贅沢ですね〜」

炭火で真っ青なキノコを炙っていたら、ナスティがいつの間にか隣に来ておった。寝癖は見当たらんし、身支度も整っとる。その後ろには、まだ眠そうなルーチェが目をこすりながら立っていた。

「おふぁようございまふ……」

昨日は空を飛んだ興奮で寝つきが悪かったようじゃから、仕方ないとは思うが……挨拶もしっかりできとらんのぅ。

「おはよう。顔を洗って目を覚ましてくるんじゃぞ。そしたら朝ごはんじゃ」

「ふぁーい」

綺麗なタオルを手渡し、ルーチェを見送る。ナスティは炙られとるキノコをじっと見とるままじゃった。

「珍しいキノコなのか？　美味しいらしいから収穫したんじゃが――」

「美味しいですよ～。見つかり難い上に、少ししか採れません～」

ナスティにしては珍しく、前のめりになっておる。

「お店で買えませんし～、朝から食べられるなんて嬉しいです～」

儂の炙るキノコは、食欲を削ぐ毒々しい深い青に変貌を遂げておるのぅ……ただ、香りは抜群に良いわい。ふつふつと汁気が出てきたので炙るのをやめ、キノコを裂くと、より一層強い香りが広まった。醤油をひとたらしすれば香ばしさも加わる。

「はぁ～、良い香りですね～」

「あっさごはんー♪」

シャキッと目を覚ましたルーチェが、上機嫌でテーブルに着いておった。遊んでいたクリムたちもいつの間にやら戻っておる。皆が揃ったので手を合わせて――

「いただきます」

クリムたちも真似しとる。ロッツァとウルフたちは首を縦に振るだけじゃがな。

思い思いに朝ごはんを食べ進めとったが、キノコは大好評のうちに完売となってしまった。またおかわりを頼まれたが、【無限収納】にはもうありゃせん。シュガサと呼ばれる真っ赤なキノコも全部焼いてしまった。空っぽなのを伝えると、皆が残念そうな顔になりよった。

ん？　ウルフが二匹で頷き合っとるが、なんじゃろか？

「ウォン」

ひと吠えしたと思ったらすっくと立ちあがり、ウルフは二匹で儂の服の裾を噛みよる。

「どこかに連れてってくれるのは分かったから、少し待っとくれ。食器を片付けんといかん」

「え？　じいじ、なんで分かるの？」

「一緒に来てと言っておったぞ」

ルーチェに不思議な者を見るような目を向けられたが……あ、こりゃあれじゃ。イスリールに全言語理解できるようにしてもらったせいじゃな。しかし、今までは聞こえんかったのに、急になんでじゃろか？

「アサオさんの仲間になったからですかね～。敵視してくる相手からの罵倒なんて、聞きたくないでしょうから～」

首を傾げて思案する儂に、ナスティが答えてくれよった。

「正確な判別は付かんが、きっとそうじゃろ。困るもんでもないしの」

儂が出掛けるのを察したのか、クリムとルージュが儂に前後から抱き着いておる。ルーチェは困り眉で笑っておった。

「片付けはやっとくから、行ってきていーよー」

「綺麗にしておきますよ～」

「迷惑をかけるでないぞ」

ルーチェとナスティ、ロッツァが三者三様（さんしゃさんよう）の言葉で送り出してくれたので、儂は前後にクリムとルージュ、左右に紅蓮ウルフを伴（ともな）って、出掛けることにしたのじゃった。

《 52 ウルフの恩返し 》

「どこへ連れていってくれるんじゃ？」

見送られた儂らは、火事の現場と別の方向へ歩いておる。紅蓮ウルフに案内され、マップを見ながら進んでおるが、若干北寄りかのぅ。

クリムとルージュは儂から降りて、とことこ歩いとる。食べられる野草を見つけると駆けていき、儂に教えてくれた。紅蓮ウルフもそれに対抗してか、果実などを見つけては吠えておる。

採取しながら暫く歩くと、生える木々が高く太くなっていきよった。ふかふかの落ち葉を踏みしめながら進む儂らの前に、大人数人で抱えるほど立派なイチョウが現れる。既に実が落ちてるらしく、あの匂いが漂っておった。

「イチョウを見せたかったのか？」

紅蓮ウルフに声をかけるが、首を横に振られた。目を閉じて辛そうにしとるから、ギンナンの臭いに負けそうなんじゃろ。クリムとルージュも儂に鼻を押し付けとるしのぅ。

「ウォン！」

雌ウルフが吠えると、雄ウルフがそそくさと歩き出す。少し行っては振り返り、また進んでは振り返りと繰り返しとる。

「まだ先なんじゃな」

ギンナンを集めたいが、案内されるのを優先してやらんとな。雄を追い、イチョウの横を通り過ぎる。数分歩けば、緩やかな傾斜にアカマツやカラマツが生える、針葉樹林に辿り着いた。

「ほぉ、松林か……日当たりが良いのぅ。ここが目的地じゃな」

「ウォン！」

元気に答える雌ウルフと、頷くだけの雄ウルフ。クリムはアカマツの幹をてしてし叩き、ルージュは落ちとる松葉をばさっと撒き散らしとる。

アカマツの隣でおすわりする雄ウルフが、根元と儂を交互に見ておった。別のアカマツの根元には雌ウルフが待っておる。そこに近寄ってみると、落ち葉を除けるまでもなく、キノコを見つけられた。

「この香り……こりゃマツタケか？　虎肉のお礼にキノコとはありがたいが、気にせんでくれ。あの虎を狩ったのはヌイソンバじゃし、儂らはたまたまお前さんらを助けただけなんじゃから」

二匹の紅蓮ウルフの頭を撫でてやると、また別のアカマツの根元へ移動していく。落ち葉から頭を出したマツタケは、だいぶ笠が開いておった。笠が開いたせいで香りが広がってしまっとるが、焼きや天ぷらには良い頃合いじゃろ。日本では高級品で希少なキノコも、ここでは採り放題じゃな……笠の閉じたマツタケもそこら中に生えとるぞ。

紅蓮ウルフを撫でたのを見ていたルージュも、マツタケ探しに参戦しておった。木々の間の日が射す斜面の落ち葉をばっさばっさと除けておる。

しかし、かなりの広さでやっとるのに、キノコは一本も見つからんようじゃ。地面を見るルージュがしょぼくれとる。

クリムは5メートルはある木を引き摺ってきよった。儂の前に置いたその木は倒木だったんじゃろ。シメジらしきキノコがびっしり生えておる。先に採ったマツタケと一緒に鑑定したが、こちらも問題なく食べられるようじゃった。

次に雌ウルフが儂に教えたのは、別の木の日陰じゃった。巨大で真っ黒な獣の手が落ちとる……？　いや、地面から生えとるな。これは……

「《鑑定》」

手に取る前に鑑定してみたところ、ビンビラという名前のキノコだそうじゃ。非常に珍しく、美味しいキノコなんじゃと。1メートル近い大きさの熊の手みたいじゃな。これだけ大きければ皆で食べられるのぅ。

儂が思わず目を細めておったら、今度は雄ウルフが大岩の下で吠えた。そばに寄り、促されるまま上を見れば、半透明のゼリーが岩に貼り付いとる。

こちらも鑑定してみたら、希少なキノコで、ツヤダケと呼ばれとるそうじゃ。肉厚でぷるぷるな身に、はちきれんばかりの旨味が詰まってるんじゃと。

傷付けんよう、丁寧に採取する。ビンビラと違って一つひとつはかなり小さいが、岩一面に生えとるから、結構な量を採れるじゃろ。

木の倒れる音に振り向けば、ルージュがさっと横になり、倒した木の裏へ隠れよる。儂が近付くと、観念したのかしょぼんと出てきた。折れた木と根元を見れば、随分前に枯れた木のようじゃった。

「ルージュがやらんでも、そのうち倒れてたかもしれん。今度からは気を付けるんじゃぞ」

こくりと頷くルージュは、倒した木の先端を指し示す。そこにはキクラゲやナメコがわんさか生えておった。視線を木の中ほどに移せば、見るからに毒々しいキノコが大量じゃった。予想に反せず猛毒なようで、鑑定結果も「珍しいキノコですが、絶対に食べてはいけません。幻覚、嘔吐、痙攣と様々な症状が現れます」と出ておる。これもギルドに売るとそこそこの稼ぎになりそうなので、【無限収納】に仕舞っておくか。

儂がキノコを採る間にクリムは倒木で爪を研いでおった。ルージュも一緒になってやっとるので、既に木はボロボロじゃ。

「ワフッ」

雄ウルフが小さく吠えて、藪に突撃しとる。藪の向こうでヤマドリが飛び立ち、それを雌ウルフが空中で捕まえておった。連携で狩りとは上手いもんじゃな。

二匹は儂のもとへヤマドリを持ち帰ってくれた。

クリムとルージュも真似して藪に突っ込んだが、二匹一緒に行ってしまっとるのぅ。それでも、二匹ともがラビを咥えて戻ってきよった。

たくさんのキノコに肉も得て、儂らはルーチェたちのもとへ帰るのじゃった。

《 53 カタシオラへの帰り道 》

紅蓮ウルフの番い、クリムにルージュと一緒に、ルーチェたちのもとへ戻る。ギンナンも拾い集めたから、そのうち茶碗蒸しにでもしようかのぅ。

「おかえりー。何か獲れた？」

「キノコがたくさん採れたぞ。あとはヤマドリにラビもじゃな」

片付けが終わり、のんびり一服しとったルーチェに答える。テーブルの上には、かりんとうやドーナツが所狭しと並べられておった。

「じいじたちが帰るまでのんびりしてようと思ってさ」

「周囲に突っかかってくるような魔物も見当たらない」

「英気を養ってるんですよ～」

「別に構わんぞ。手の空いた時間はそれぞれ好きなことをしていてくれ」

口々に理由を述べるので、儂はクリムを抱き上げながら三人に答える。ルージュは頷いてから、儂の背に飛びかかってきよった。紅蓮ウルフは静々とおすわりしておる。

「さて、昼ごはんを食べてから街に帰ろうか。ゆっくり狩りをしながら帰れば、クーハクートの用事も済んでるじゃろ」

「はーい」

「うむ。戦えるならば走れなくともよい」

ルーチェとロッツァが良い返事をしてくれる。

そのロッツァが湯呑みや皿に《清浄》をかけ、ルーチェが鞄に仕舞っていく。二人でやっておるから、あっという間に終わった。

「アサオさんの足から変な臭いがしてます～」

眉間に皺を寄せたナスティが、儂から離れていきよる。靴裏を見れば、少しばかりギンナンがこびりついておった。

儂も自分に《清浄》をかける。クリムとルージュは臭いに麻痺してしまったんじゃろか……往きでは顔を顰めておったのにのぅ……

臭いがしなくなったかを、ナスティが鼻を鳴らして確認する。両手で○を作ってくれたから、消えたようじゃ。

森の中をのんびり歩き、カタシオラへ帰る。周囲を《索敵》で確認しつつ、目視もしっかり行っておるが、ヌイソンバは見当たらん。ただ、蛇や鹿を見つけたので、数匹狩っておいた。小ぶりなラビなどは、紅蓮ウルフたちが仕留めとる。

二時間ほど歩いたら、森に来て初めて冒険者たちを見つけた。ロッツァとナスティに言わせると「そこそこの強さ」のパーティみたいじゃ。五人組で動いておるらしく、主力は木の上に陣取る弓使いなんじゃろな。どの魔物に対しても、トドメはほぼ脳天への一矢じゃった。ヌイソンバも狩っておったが、双方共にズタボロになってしまっとる。

「あれではダメです～。肉が不味くなっちゃいますよ～」

ナスティは、非常に残念な物を見るような視線を冒険者たちへ向けておる。

「肉を求める儂らと、素材を求める者との差なんじゃろな。それに、ここで解体して必要な部分だけを持ち帰る冒険者なら、ああなっても仕方ないじゃろ。とりあえず生き残れるだけの実力はあるんじゃ。儂らは先を急ごう」

「うむ」

儂らを凝視しとる弓使いが気になったが、何されるわけでもないからのぅ……放置じゃ、放置。ロッツァも頷いてくれとるし、儂らは先へ行こう。

儂らは周囲に冒険者がいない場合のみ、ヌイソンバの相手をすることにした。それもなるたけ素早く斃(たお)して【無限収納(インベントリ)】に仕舞っとる。狩りの痕跡(こんせき)も、クリムたちの《穴掘(ディグ)》とルーチェの《清浄(クリーン)》で綺麗にしたから、魔物が寄ってくる心配もないじゃろ。

冒険者たちとの絡みは、初老の太っちょ冒険者三人組が、

「助けてーーーーー‼」

と叫んでいたので助けたくらいじゃな。《治癒(エイド)》で完治(かんち)するくらいの怪我しかしとらんかったが、顔面蒼白(がんめんそうはく)で膝も肩もがくがくに震えておった。

猿に囲まれて立ち往生してしまったそうで、死を覚悟したそうじゃ。紅蓮ウルフたちが街道付近まで案内したから、帰りは大丈夫じゃろ。あの街道に出るのは、弱い魔物ばかりじゃったからな。

その後も森を進み、あと少しで抜けられるくらいのところで、狐と狸と鼬(いたち)が三竦(さんすく)みの争いをしとった。それぞれが十数頭ずつおるこやつらは、山火事の原因を作った猿のように火の魔法を撃ち合いおる。

儂は前に火を消した要領(ようりょう)で、《水砲(ウォーターガン)》と《風刃(ウィンドエッジ)》を空でぶつけ合う。ナスティも手伝いをしてくれ、ルーチェたちは狐らを退治して回った。

逃げる魔物は見逃し、深追いはせん。死体は打ち捨てずに、クリムたちと一緒に

《穴掘（ディグ）》で埋めて回ったわい。紅蓮ウルフが欲しがった一部の死体だけ【無限収納（インベントリ）】に入れておいたがの。

ロッツァが言うには、ヌイソンバに森を荒らされたせいで、縄張りが減ったことが争いの原因らしい。冒険者らがヌイソンバばかり狙って、他を放置するからじゃろ。無駄に体力を消耗（しょうもう）したくないのは分かるが、困った話じゃ。頑張ってヌイソンバを減らしたとも思うんじゃがな……森が減ったり無くなったりしたら、かなりの影響が出てしまうし、冒険者ギルドのデュカクに報告と相談をしてみるのも手かのぅ。

森を出たところで日が暮れた。ちゃちゃっと支度したのは、朝採りのマツタケごはんじゃ。あと、ツヤダケの味噌汁と、ビンビラの炭火焼き、ヤマドリの塩焼きで晩ごはんじゃよ。匂いに釣られた魔物が寄ってくるのは困るでな。しっかりと《結界（バリア）》は張ってある。

紅蓮ウルフたちの晩ごはんは、鼬をせがまれてな……この子らよりも強いみたいじゃから、きっと強くなれるんじゃろ。とはいえ儂らと一緒の晩ごはんも美味しそうに食べておった。キノコ料理は皆が喜んどったから、紅蓮ウルフたちには感謝じゃな。

寝床は各々で確保した。といっても《結界（バリア）》の中じゃから、寒さと雨の心配がないからのぅ。

儂はマンドラゴラの植木鉢とバルバルに水をやり、眠りに落ちるのじゃった。

《 54 ただいま 》

街道の脇で寝ていた儂は、眩しい日差しで目が覚める。目を開けると、《結界》の天井に小鳥たちが大量に止まっておった。チュンチュン鳴きながら、コツコツと《結界》を突いとる。何羽かと目が合ったと思ったら、逃げられてしまったわい。

身支度と朝ごはんを済ませてカタシオラへ向かうと、一刻もかからず着いてしまった。街道に魔物がほとんどおらんかったし、盗賊やゴブリンの巣なども見当たらんかったからじゃな。

先に西門へ並んでいた冒険者は、血まみれのヌイソンバを荷車に載せておる。点々と落ちていた血痕はこやつのか……門の前に血溜まりが出来てしまっておったので、《清浄》で消し去る。魔物が門に近付いても困るからのぅ。

顔見知りの門番さんに感謝され、儂らは挨拶だけでそのまま街中へ通された。獲ってきたのは頼まれた分と自分たちで食べる分だけじゃから、冒険者ギルドに寄ることもなく家へと帰る。

「おぉ、おかえり。もう終わるから少し待ってくれ」

儂らは笑顔のクーハクートに出迎えられた。クーハクートが指さす先には、メイドさんが三人と、若い男が三人相対しておる。

「ただいま。何かあったのか？」

「あ、おかえりなさい。メイドさんって強いんですね」

儂が質問しておったら、背の高い奥さんが顔を出す。

「店を開けると、誰かしら邪魔者が来るのよ。迷惑なこと極(きわ)まりないわね。でも毎回メイドさんに伸されて終わり」

翼人の奥さんが不機嫌そうな顔をしながら、くいっと顎を上げた。

見れば三人のメイドさんは、目の前の男の足を払ってこかしておる。一人のメイドさんは、男の股間(こかん)の数センチ手前を踏み締めておった。一人は倒れた男の首筋に膝を落としとる。残る一人は、踏み止まった男の腕を取り、反(そ)り伸ばしとった。

「は、話が違いすぎる……簡単な仕事だったんじゃないのかよ」

股座(またぐら)と地面を濡らして変色させた男は、唇を震わせて血の気(け)の引いた顔をしておる。ま、あと数センチで踏み潰されてたと思えば当然かのう。

「二度と顔を見せないようお願いします」

男たちを追い出したメイドさんたちは、恭(うやうや)しく頭を下げた。

「……潰しちゃえばいいのに」

目を据わらせた翼人の奥さんは、男たちを見送りながら毒づいておる。

「今日はもう来ないだろう。さて、アサオ殿。ヌイソンバはどうなった？」

儂への説明もせず、クーハクートは頼んだ肉を気にしとる。

「詳しい説明は、ヌイソンバを渡してからに……大きすぎて運べんか。儂はクーハクートと一緒に屋敷へ行こう。皆は休むといいじゃろ」

「道すがらに話そう。早速帰るぞ」

　メイドさんたちに振り返って号令をかけると、クーハクートは儂と隣合って一緒に歩き出す。

「何かあったらナスティに任せる。皆の安全が最優先じゃが、できれば相手は怪我くらいで済ませておいてくれ」

「分かりました～」

　ナスティはいつもの笑顔で頷いてくれとる。隣に立つルーチェが不満そうじゃ。

「えー、私じゃないの？」

「ルーチェだとやりすぎるかもしれんからのぅ。ナスティの指示に従うんじゃぞ」

「はーい」

　渋々といった感じではあるが、従ってくれそうじゃな。

　儂はクーハクートたちと一緒に家をあとにする。

　屋敷まで行く間に、今日までにあったことを粗方聞き出せた。

　あの自称食通貴族の件は、たった二日で事足りたんじゃと。ただ、その恩恵を授かっていた者らが、店に八つ当たりしに来たそうじゃ。しかしその辺りも予想済みだったクーハクートは、メイドさんを数人配置しておったらしい。で、毎日毎日さっきのように追い返していたと……最初は怯えていた奥さんたちも、三日目からは応援してくれるほど慣れたみたいじゃ。

メイドさんだけでなく、ズッパズィートやカナ＝ナ、マルシュらも手伝ってくれたそうでな。数人はマルシュに見られただけで怯んだが、それでも女子供だけならと飽きもせず来とったんじゃと。

「馬鹿じゃな……」

「だと思うぞ。手を出せばそれだけ自分の仕業とバレるだろうに」

「未来は明るくありませんよ。クーハクート様と、アサオ様に手を出したのですから」

にこりと微笑んだメイドさんじゃが、目は笑っておらん。クーハクートに対して失礼な一派みたいじゃからな……腹に据えかねるのも仕方ないじゃろ。

「まぁ、来てもあと数日だろう。追い返された者はもれなく執事に――」

「クーハクート様、ヌイソンバは私たちだけで解体しても構いませんか？」

メイドさんが言葉を遮り、クーハクートの左隣から顔を出す。執事に何をさせとるんじゃろか……儂に聞かせないようにしとるんじゃから、突っ込まんほうが良さそうじゃ。

「私も見るぞ！　いや、やってみよう！」

「畏まりました。そのように手配致します」

メイドさんが儂らを追い抜き、早足で屋敷へ向かう。駆けているのにスカートの裾が乱れんのは、さすがじゃな。いつでも気品を忘れんようにしとるんじゃろ。やり方を今度ルーチェに習わせるべきかのぅ。

屋敷に着いてから、台所にヌイソンバを出そうと思ったんじゃが、広さが足りんかった。なので庭に三頭並べてみたら、クーハクートが良い笑顔を見せよる。

期待はしていたそうじゃが、本当に三頭も狩ってくるとは思ってなかったんじゃと。しかもそれがかなりの大物で驚いておる。角も皮も使えると喜んでおった。以前、魚の角を渡したメイドさんも喜んでおるから、何かしら装備品が作れるのかもしれんな。

ヌイソンバの代金として大金貨を八枚もらい、儂は家へ舞い戻った。なんだかんだと時間が過ぎていたので、帰宅したら奥さんたちが店仕舞いをしておった。いろいろ報告することがあるそうじゃが、明日以降にしてもらったわい。

奥さんたちには山菜とキノコを土産に持たせたから、今夜は山の幸の夕食じゃろ。とりあえず怪我がなくて何よりじゃよ。

《55 営業妨害》

昨日儂らが帰ってきた時も店を開けていたのに、今日も奥さんたちは店を営んでおる。

儂らはといえば、のんびりする為、それぞれ思い思いに過ごすことにしたんじゃよ。

儂は紅蓮ウルフたちの登録と、必要ない素材の売却で冒険者ギルドじゃ。ルージュを肩車しながら、両隣にウルフを連れて歩いておる。

冒険者ギルドでの登録は問題なく終わり、デュカクに先日の火事を伝えておく。あと、店の件で世話になった礼もな。管理官の肩入れが問題にならんように、手を回すのが大変だったそうじゃ。言葉だけの礼じゃ申し訳なくて希望を聞いたら、食事を一回無料にしてほしいと言われたわい。ついでにケチャップを使った料理を、とも頼まれた。

そのくらいなら何の問題もないから、快諾してギルドをあとにする。売り払う素材は一覧にして渡してあるから、必要な時に顔を出す約束になっとる。

十日ほど空けていたので、八百屋さんたちのところにも顔を見せに行く。店に着くなり、元気なマンドラゴラに突撃されてしまったわい。親父さんは嬢ちゃんと一緒に店番をしとるようじゃ。

「ソロソロ？」

マンドラゴラは儂の腕の中で、器用に身体をくねらせておる。見上げる顔に変化はないが、植木鉢が気になっとるようじゃ。

「このあと帰るから、一緒に来るか？　まだ芽も出ていないんじゃがな」

「ヒトミシリー」

マンドラゴラは腕から降り、スタッと着地する。親父さんの足元へ戻ると、ひとっ飛びでその肩に座った。親父さんは屈託のない笑みを浮かべておる。

「畑の野菜がものすごい発育を見せているよ。また仕入れてくれるかい？」

「勿論じゃ。マンドラゴラの影響かのぅ？」

「だと思う。自由気ままだけど、良いことのほうが多いから好きにさせてるよ」

儂の問いに親父さんは苦笑いじゃ。その肩でマンドラゴラが、

「アーーーイェッ」

と、よく分からん声を発しながら回っておった。

とりあえず儂は、売れ残っている野菜と不揃い野菜を買い付ける。

帰る素振りを見せたら、マンドラゴラは雄ウルフの背中に音もなく着地しよった。背に乗せたままでも問題なく歩けるようじゃから、そのまま帰ることにした。

帰りがけに他の八百屋でも同じように仕入れられたので、【無限収納】の中がかなり充実したわい。パン屋と肉屋、漁師たちにも挨拶して帰宅じゃ。

家に着けば、また不届き者が四人来ておった。メイドさんの手を煩わせることもなく、ルーチェが絞め落としたそうじゃ。頸動脈を綺麗に極めたので、ほんの一瞬で落ちたらしい。皆の目がルーチェに集まっておる間に暗躍したもう一人の不届き者は、ナスティに締め上げられとる。

「ゼリーの皿に薬を盛ったんですよ～。全部この人に食べさせるから～、無駄にはなりませんけどね～」

　男の顔が青白いのは物理的な理由なのか、この先を悲観してなのか分からん。一応鑑定したら、強力な下剤と出とるから、命を落とすことはなさそうじゃ。なら自業自得……因果応報か？

　ルルナルーが男の懐を漁って笑顔を見せる。

「はい。お代はもらいましたよ。美味しいんだから、絶対に食べること！」

　男の目の前で手のひらを広げ、銅貨を三枚確認させておった。ルルナルーは小瓶も持っておる。小瓶を受け取って鑑定すると、中身はゼリーの皿の下剤と同じじゃった。これに下剤を入れてきたのか。見つかるとは思っていなかったんじゃな。

　客の一人が呼んでくれた警備隊に、男たちを引き渡す。男が五人おるから、警備隊はその倍来てくれたようじゃ。

「無抵抗な俺らにこいつらが暴力を振るったんだ！　捕まるのはこいつらだろ！」

　ルーチェに絞め落とされた男が、警備隊に抗議しておる。男たちは全員、儂が《束縛》で縛り上げてある。仕方ないのぅ。

「《記録》」

　儂が見た部分だけじゃが、警備隊に何があったかを魔法で見せると、納得してもらえた。

薬を盛った男以外はそれでも抵抗しておる。

「《真贋》」

儂の魔法を見てしまった男らは、さすがにこれ以上の嘘は無理と、観念したようじゃ。警備隊に礼を言われてしまったわい。

「身の安全を確保してもらったんじゃ、礼を言うのはこっちのほうじゃよ」

ポテチとかりんとうを人数分持たせて、儂は頭を下げる。警備隊は菓子などを受け取り、にこっと笑ってから、男たちを連れ帰ってくれた。

その後、警備隊だけでなく、商業ギルドでも取り調べをしてくれたそうで、とある高級店の差し金だと判明した。あの自称食通貴族が後ろ盾になり、いろいろ幅を利かせていたそうじゃ。街の中心部で高級店にあるまじき振る舞いもしていたんじゃと。

この機会に商業ギルドは、店を潰す方向で舵を切るらしい。なので、また迷惑をかけるかもしれないと、ツーンピルカが頭を下げておった。

今くらいの被害なら痛くも痒くもないから、気にせんでええ。後顧の憂いを断つほうが大事じゃな。

そう告げたら、ツーンピルカはやる気に満ちた顔を見せてくれた。まだ暫くは騒がしい日が続きそうじゃよ。

《 56 孫のほうが優秀じゃ 》

狩りから帰った後、三日休みを取り、クーハクートや奥さんたちと情報交換して、ようやく今日店を開くことになった。それで料理を仕込み始めようとしたら、突然来客があってな。儂が扉を開けた途端に声がかかった。

「うちのそふが、ごめいわくをおかけしました」

ぴしっとした綺麗な衣服に身を包んだ五歳くらいの男の子が、儂と目を合わせてから頭を下げよる。口調は幼く、舌っ足らずな印象を受けるが、素振りは大人びておる。

隣に佇む男は、今にも切れるんじゃないかと思うくらいに青筋を立てておった。

この男は覚えとるぞ。以前、自称食通貴族と一緒に店に来たひょろ高い男じゃ。となるとこの子はアレの孫かのぅ。

「そふがぶれいをはたらいたようで……もう、おもてぶたいにたつことはありません」

「儂のいない間に起こったことなら、既に解決しとるよ。祖父がやらかしたんなら、お前さんが頭を下げんでもいいじゃろ」

「いえ、まがりなりにも、きぞくです。まちがったことをしたならば、きちんとあやまるのがすじでしょう」

頭を下げたまま儂に答える男の子は、微動だにせん。隣に立つひょろ高い男は、怒りで身を震わせておるようじゃがな。顔も真っ赤になっとる。

「そうか。なら儂はそれを受けて、水に流すとするかの。さ、これでもう終いじゃ」

「ありがとうございます」

男の子は頭を戻すと、やっと顔をしっかり見せてくれた。少しばかりふくふくした感は否めんが、このくらいの子なら普通じゃろ。肩の荷が下りたからか、年相応の柔らかな表情を浮かべとる。頬に届くかどうかの栗色の髪が、サラサラと風に揺れ、青い瞳と相まってなかなかの美少年じゃ。

「中で一服していきなよ」

ルーチェが扉の中から声をかける。儂が身体を半身に捻れば、少年からもルーチェの顔が見えたらしい。儂を見上げ、目で確認してきおる。

「お茶と茶請けくらいしか出せんが、ゆっくりするといい。ルーチェ、頼んだぞ」

「はーい」

手招きしていたルーチェが、いつの間にやら隣におって、少年の手を引いて中へ戻っていく。儂が外へ向き直ると、ひょろ高い男の後ろにクーハクートが立っとった。

「あの子を含めて一部は優秀だぞ。だから一族まとめて潰すことはしなかったのだ」

背後からの声に、男は固まっておる。

「ちゃんと支えて、諫めることも忘れずにな……でなければ残した意味がない」

儂に向かって歩きながら話すクーハクートは、男の腰をぽんと叩いてにやりと笑う。男は、壊れた機械のようにずっと小刻みに首を縦に振り続けておる。

「ま、お前さんも難儀じゃったな。一緒に一服してくれ」

男が少年のあとを追って家に入る。自主的に動いたのかと思ったら、背中をメイドさんが押しておった。にこりと儂に微笑んでおるから、こうなることを予想しとったんじゃろ。

「家を潰すほうが簡単とはいえ、まともで真面目な一部の者が可哀そうに思えてな。あの子らが中心になって盛り返すさ。いや、私も手を貸すのだ。してもらわねば困る」

儂の隣にまで来たクーハクートが、ふんと鼻を鳴らしながら胸を張った。

「で、今日の用はなんじゃ？」

「店の手伝いだ！　メイドたちの修練を頼む。ひいては我が家の食事が豊かになるのでな！」

クーハクートは小僧の顔で笑っとる。

少しばかり時間を取ったが、無駄ではなかったから善しとしよう。

気を取り直して、儂は仕込みを開始する。ヌイソンバは、この三日間の休みで一頭解体済みじゃ。ステーキはナスティに任せ、儂は煮込み料理を主に作るかの。

内臓、スジ、スネ肉、テールと、煮込むだけでも結構料理が作れるわい。少しずつ店に出していかんと、ヌイソンバ専門店になってしまう。

少年貴族とひょろ高い男は、儂が仕込みをしとる間に帰宅しておった。いつもの時間に店が開いたら、今度は客として来おる。

少年は、同い年くらいの女の子を伴っとった。

「おいしいです」

「ですな」

「うちの店よりおいしー」

少年らは舌鼓(したつづみ)を打っておるようじゃ。他にも常連の冒険者などが笑顔で料理を食べておる。奥さんらが主に作るお菓子も好評を得ておった。

「やっぱりアサオさんの料理は美味ぇな！　菓子ってのも良かったけど、腹に溜まる量が違(ちげ)ぇ！」

鉢がねを額に巻いた冒険者の男が、屈託ない笑みを浮かべながら丼を掻き込んでおる。一緒のテーブルに着く他の者も、うんうん頷き、天ぷらうどんを食べておった。

「お、来た来た。アサオさん、今日はアタイが相手しちまっていいか？」

店に向かってくる不埒者(ふらちもの)を見つけた女冒険者の一人が、店の中に駆け込んで儂へ話しかける。厨房から顔を出せば、恰幅(かっぷく)の良い男性が三人の男を引き連れ、店の敷地(しきち)に入ってきとった。何が嫌なのか知らんが、深い皺を眉間に刻んどる。

「自分も相手も怪我せんようできるなら、お願いしようかの」

「楽勝さ！」

そう答えて意気揚々と表に出た女冒険者が目にしたのは、不埒者たちの前に仁王立ちする一人の少女じゃった。少年貴族と一緒に来店していたあの子じゃな。

「じいちゃん、何しに来たの？　おいしいお店に何しに来たの？」

恰幅の良い男性をスプーンで指す少女は、怒っているようじゃった。何も言えずオロオロする男性へ更に、

「うちの店よりおいしいよ。だからお客さんがへったんだね」

痛恨の一撃を放っておった。男性は膝から崩れ落ちる。

連れ立ってきた若い男らもどうすればいいのか分からず、周りを囲んで困り顔を見せるだけじゃ。

何とか立ち直った男性は、意を決したように口を開く。

「納得できる結果が欲しい」

「なら、料理で勝負すればいいじゃないか」

儂のそばで事の成り行きを見ていたクーハクートが、冒険者の後ろから声を上げる。その顔は非常に腹立たしいもんで、にやにやしておった。

「おぉ、面白ぇな！」

「いいんじゃねぇか？」

冒険者を含めた客らが口々に賛成しとる。

「料理人を集めて祭りにしてしまえ」

多少声色を変えたクーハクートが再び煽ると、皆が笑いながら妙案だと囃し立てておった。

「新しい祭りか！」

「ヌイソンバ狩りの後に面白いね！　アタイは見てみたいよ！」

「イッポンガツウォまでまだ時間があるし、良い案だと思うな」

「ジャナガシラも忘れるんじゃねぇ！」

冒険者だけでなく漁師まで加わり、料理対決が決まりそうじゃ。そういえば、魚を獲るのも控えておるんじゃやな。

「ならばその祭り……私が取り仕切ろうではないか！」

椅子の上に立ち、大仰に両腕を広げたクーハクートが宣言しとる。メイドさんが一人一本ずつその足を抱えて持ち上げ、より遠くまで見えるようにしておった。

「わたしもきょうりょくします！」

少年も立ち上がり、手を挙げる。ひょろ高い男が、少年を肩に乗せて持ち上げた。

「皆に声をかけよ！　我こそ一番と思う料理人は参加すべし、と！　分かったなら行くのだ！」

右手を前に掲げ、客と不埒者を扇動するクーハクート。少年も真似して同じ格好をしとる。

「はっ！」

不埒者らは頭を垂れてから帰っていった。客らを見ると、

「……俺らは食事をしてからな」

「うん」

冷静になったらしく、皿に盛った料理を食べ続けたのじゃった。

《57　祭りに託けた料理対決》

「さて、これでアサオ殿に絡んでくる者もいなくなるだろう」

椅子に降ろされても胸を張っとるクーハクートは、儂を振り返ってしたり顔をしおった。

「煽りますね～」

「何してるのかと思ったよ」

ナスティとルーチェは、店内を覗いて呟いておる。儂と目が合い、にこりと笑ったら、それぞれの焼き場に戻りおった。

「……料理対決……こんな大々的にやって怒られんか？」

「誰にだ？」

「ツーンピルカ」

クーハクートは、儂からさっと目線を外す。

「……」

「大丈夫なはずだ。アサオ殿の負担を減らすのが目的なのだからな」

自分を納得させるように、もっともらしい理由を述べておるクーハクートじゃが、顔は引き攣っておった。

後日、案の定、ツーンピルカの耳に入り、クーハクートはこってり絞られたんじゃと。とはいえ、絡んでくる連中を黙らせる為の妙手なのには違いない。ならば儂もこの御輿に乗ってやるべきと思ってな……儂からの援護のおかげか、クーハクートへの説教は少しばかり短くなったそうじゃ。

今はクーハクートが主体となり、商業ギルドと話を詰める段階になっとる。あの少年貴族もクーハクートの隣で、立ち居振る舞いなどを必死に学んでおるらしい。実の祖父は反面教師にしかならんかったからのぅ。クーハクートの厳しい物言いも、自分を導く為と、少年は納得しとるんじゃな。

「まだまだ幼いのに頑張っているぞ。久々に鍛えがいのある子だ」

クーハクートもにこにこ笑いながら話しとる。幼い故に体力が足りていないようじゃが、そこはクーハクートも老いが来とるしの。配下を手足のように使うことを覚えるのに良い機会じゃ。頑張る子には、差し入れを奮発してやるかのぅ。

　商業ギルドで料理対決の参加者を募ったら、合計十三店舗の料理人が参加表明したそうじゃ。うち、儂の店へ何かしらの悪さをしたことがあるのが十店舗。三店は無関係ながら、実力を試したいと思ってくれたんじゃと。ここに儂が加わって、全十四店舗での対決となった。

　審査員の選定、対決方法の選別、料理の種類と、いろいろ決めるのに紛糾していたら、あっという間に四日が過ぎていたらしい。参加店が高級店から食堂まで、幅があるからのう。高級店が求める審査員なら富裕層か、可能なら懇意にしとる貴族に来てもらいたいのが本音だと思うが……クーハクートと敵対するのが目に見えとるから、来ないじゃろな。

　結局、祭りに来た客全員を審査員とすることになったそうじゃ。店を構える場所の不公平感をなくす為、港の一角に屋台を拵えるらしい。出店を作るのは、建築組合が請け負うんじゃと。任せられるところは丸投げして、祭りに協賛させとるみたいじゃな。

　日常的に仕入れられる食材は、農家と漁師、肉屋からの供給になる。パン屋や乾物屋も名を連ねており、他の食材同様に一括で商業ギルドが買い上げじゃ。それを参加する料理人の希望に合わせて分配する手筈に決まった。その中で何を使うかは自由。味付けや調理法を秘匿しておる店もあるから、そこは各店に任せることになった。

それと、特別食材として、少量ながらヌイソンバが渡されるらしい。足りない場合は、自分たちで確保しても良いことになっとる。

食材として一級品じゃから、皆で分けたら少ないからのぅ……儂は自分たちで狩った分を使おう。

料理の種類もおまかせになっとる。ただし、売値は決められ、一皿300リル。赤字を店や個人で被るのは禁止じゃ。調味料やらに金を持ち出したとしても、ヌイソンバを含めた食材費がゼロじゃから、いけるはずじゃよ。

最終的に売れた料理の数、皿の枚数が多い店の勝ちとなる。富裕層も庶民もひっくるめて審査員になるし、これなら結果が一目瞭然で、誰もが納得できるじゃろ。裏で客の買収など、阿漕なことをする店が出るかもしれん……が、儂に対処する術はないのぅ。

「こんな感じで決まったぞ。ただし、販売数を伸ばす為、金をばらまく者が出るやもしれん」

儂に概要を説明したクーハクートは、懸念を口にする。考えておることは同じか……

「そんなことまでして勝とうとする者は、同業者から白い目で見られて終わりじゃよ。クーハクートの仕切る祭りで、わざわざ下手を打つ貴族もおらんじゃろ」

顎鬚をいじりながら、儂は答える。

「……なりふり構わず妨害工作も――」

そんな儂を見て、ギルドから説明に来てくれとるシロルティアが、一抹の不安を洩らす。

「それこそ返り討ちにするから大丈夫じゃ。心配ありがとな」

シロルティアに笑顔を見せる儂を見て、クーハクートが黒い笑みを浮かべとった。

「祭りの開催前から、他所の店の者への接触は禁止しよう。違反した場合は、失格にして不戦敗だ。腕前を披露する機会すら失うとなればこたえるぞ」

悪い顔をしたクーハクートは、嬉しそうに語っとる。

「店で出す料理を強要することも禁止事項に含めないとダメか。いやあ、やることが多くて大変だ」

口から出る言葉と違い、クーハクートは目が輝きイキイキしとるぞ。後ろのテーブルで休む少年と、補佐するひょろ高い男は、真顔で固まっておった。

「必要だと思う箇所だけ見習うんじゃぞ」

「はい。でも、いちどけいけんしてみます」

少しばかり怯みながらも、少年は固い意思を込めた瞳で儂を見返す。儂の声が聞こえておるクーハクートじゃが、知らんぷりじゃよ。その辺りの取捨選択も体験させるつもりか。

少年らに顔が見えんからって、その満面の笑みはどうかと思うぞ。

大ヒット **異世界×自衛隊** ファンタジー!

ゲート0(ゼロ) GATE:ZERO

自衛隊 銀座にて、斬く戦えり 〈前編〉

柳内たくみ Yanai Takumi

単行本
最新〈後編〉
2022年8月
刊行予定!!

ゲート始まりの物語「銀座事件」が小説化!

20XX年、8月某日――東京銀座に突如『門(ゲート)』が現れた。中からなだれ込んできたのは、醜悪な怪異と謎の軍勢。彼らは奇声と雄叫びを上げながら、人々を殺戮しはじめる。この事態に、政府も警察もマスコミも、誰もがなすすべもなく混乱するばかりだった。ただ、一人を除いて――これは、たまたま現場に居合わせたオタク自衛官が、たまたま人々を救い出し、たまたま英雄になっちゃうまでを描いた、7日間の壮絶な物語――

●ISBN978-4-434-29725-0 ●定価:1,870円(10%税込) ●Illustration:Daisuke Izuka

アルファライト文庫

この作品に対する皆様のご意見・ご感想をお待ちしております。

おハガキ・お手紙は以下の宛先にお送りください。

【宛先】

〒150-6008 東京都渋谷区恵比寿 4-20-3 恵比寿ｶﾞｰﾃﾞﾝﾌﾟﾚｲｽﾀﾜｰ 8F
（株）アルファポリス　書籍感想係

ご感想はこちらから

メールフォームでのご意見・ご感想は右のＱＲコードから、
あるいは以下のワードで検索をかけてください。

アルファポリス　書籍の感想

本書は、2019年6月当社より単行本として
刊行されたものを文庫化したものです。

じい様が行く 5 『いのちだいじに』異世界ゆるり旅

蛍石（ほたるいし）

2022年 8月 31日初版発行

文庫編集－中野大樹／宮田可南子
編集長－太田鉄平
発行者－梶本雄介
発行所－株式会社アルファポリス
〒150-6008東京都渋谷区恵比寿4-20-3恵比寿ガーデンプレイスタワー8F
TEL 03-6277-1601（営業） 03-6277-1602（編集）
URL https://www.alphapolis.co.jp/
発売元－株式会社星雲社（共同出版社・流通責任出版社）
〒112-0005東京都文京区水道1-3-30
TEL 03-3868-3275
装丁・本文イラスト－NAJI柳田
装丁デザイン－ansyyqdesign
印刷－中央精版印刷株式会社

価格はカバーに表示されてあります。

落丁乱丁の場合はアルファポリスまでご連絡ください。

送料は小社負担でお取り替えします。


ISBN978-4-434-30729-4 C0193